尤今小语

孩子，
我们一起
学习

[新加坡]
尤今 —— 著

HAIZI
WOMENYIQI
XUEXI

海天出版社
·深圳·

图书在版编目（CIP）数据

孩子，我们一起学习 /（新加坡）尤今著. — 深圳：
海天出版社, 2020.4
（尤今小语）
ISBN 978-7-5507-2758-8

Ⅰ.①孩… Ⅱ.①尤… Ⅲ.①散文集—新加坡—现代
Ⅳ.①I339.65

中国版本图书馆CIP数据核字(2019)第276733号

孩子，我们一起学习
HAIZI, WOMEN YIQI XUEXI

出 品 人	聂雄前
责任编辑	胡小跃　戚乐也
责任校对	张丽珠
责任技编	梁立新
封面设计	A BOOK-Aseven

出版发行	海天出版社
地　　址	深圳市彩田南路海天综合大厦（518033）
网　　址	www.htph.com.cn
订购电话	0755-83460239（邮购、团购）
设计制作	深圳市龙瀚文化传播有限公司 0755-33133493
印　　刷	深圳市晶宇印刷有限公司
开　　本	787mm×1092mm　1/16
印　　张	9.25
字　　数	92千
版　　次	2020年4月第1版
印　　次	2020年4月第1次
定　　价	35.00元

版权所有，侵权必究。
凡有印装质量问题，请随时向承印厂调换。

自序

一直以来，抒写小品文，我都坚守着三大信念。

我相信文字里有巨人，我相信沙砾能变珍珠，我相信语言是魔术师。

首先，谈谈"文字里有巨人"。

意大利赫赫有名的艺术家米开朗琪罗，呱呱坠地时，母亲身子羸弱，把他送去一个村庄，由奶妈照顾。他年仅6岁时，母亲便病逝了。奶妈的丈夫，是个石匠，童年的米开朗琪罗，随着石匠进出于采石场，深深地爱上了内涵深邃的石头。他内心有着一股巨大的力量，不断地驱策他以凿子和锤子把面无表情的石头化为有七情六欲的雕塑。愈雕愈起劲，兴趣之火也愈燃愈炽烈，年纪小小的他，已立志要当雕塑家了。

1501年，26岁的米开朗琪罗耗了整整4年的时间，完成了鬼斧神工的"大卫"雕像，艺惊全球——坚不可摧的石材，展示出来的，却是人体纤毫毕现的肌肉纹理；冰冷僵硬的石质，展现出来的，却是人体张力饱满的弧度美；愣头愣脑的石头，展露出来的，却是人体那磅礴浩大的内在力量。

"大卫"雕像卓尔不群的艺术魅力，使它成了众人心中永远的"巨人"。

引人深思的是，米开朗琪罗用以雕塑"大卫"的那块大理石，形状并不理想，而且，石上还有一道裂痕，可供发挥的空间很受限制，其他艺术家都不要，也不敢用它，因此它被闲置了将近半个世纪。然而，眼光独到的米开朗琪罗却对它一见钟情，他沉稳地说道：

"别人只看到这块大理石的缺点，可我却清楚地看到它里面禁锢着一个巨人，我只不过是将这个巨人释放出来而已。"

啊，"释放巨人"！

米开朗琪罗的这一番话，无疑就是文艺创作一个可贵的启示啊！

大理石中藏着一个巨人，同样的，文字里也藏着一个巨人。把生活的种种感悟化为蕴含思想亮光的文字，牵动他人的心弦、影响他人的价值观，就是一种"释放巨人"的创作方式啊！

其次,说说"沙砾变珍珠"。

珍珠贝,多生活于海洋;海浪把细小的沙砾卷入了它的身子,它在经历了一连串痛苦的挣扎与抗衡、接受与适应后,终于将粗糙的沙砾化成了美丽的珍珠。

作家,正如珍珠贝,在吸纳了生活海洋里的点点滴滴后,细细反刍、消化,慢慢转化、提升,最后,结出了一颗一颗光可鉴人的"文字珍珠"。它们源于生活,但却不是生活的"复制品",每一颗珍珠都有着独独属于自己的生命烙印;这样的烙印,是能够很深地拨动他人的心弦的。

最后,讲讲"语言是魔术师"。

语言是作品斑斓的底色,也是凸显作家文风的旗帜。斐然的文采,不但能使方块字变魔术似的焕发出动人的光彩,而且,还能有扭转乾坤的影响力。

话说有个农夫,带了一只鸡到热闹的集市去卖。他在鸡笼外竖立了一个牌子,上面密密麻麻地写道:

"我这个精致的笼子里有一只肥大的母鸡准备以非常便宜的价格出售。"

集市里,人潮络绎不绝,可是,老半天过去了,那只鸡却还在笼子里"孤芳自赏"。

后来,有个路过的善心人对他说道:

"你这牌子上的字，啰里啰唆的，谁有闲情止步细读呢？让我帮你重写吧！"

重写的牌子，就只有简简单单的两个字："待售。"旋踵，农夫就如愿以偿地把鸡卖掉了。

长了赘肉的文字，不但有碍观瞻，而且，影响实效。简要凝练、明快利落的文字，是深具魅力的语言。

2014年，在新加坡玲子传媒执行董事兼总编辑林得楠先生的穿针引线下，我与中国深圳海天出版社开展了美好的合作。迄今为止，海天出版社已经为我出版了四套（总共十一部）作品，包括了游记、小品文、传记。现在，又将推出两套（总共五部）作品，包括两部游记（《在羊身上写字》《高加索牧人》）、三部小品文（《游走世界寻访自我》《孩子，我们一起学习》《一日美好一日新》）。感谢海天出版社，感谢许全军副总编辑和胡小跃主任，这种圆融美好的合作关系，常常让我心怀感激。

目录

不出声 1

爸爸的手杖 3

脱胎换骨 7

不快乐的蛹 10

吹笛子的人 13

最佳境界 16

儿子的信 19

母亲节 22

阿脏和阿洁 25

人生的缩影 28

脚镣与飞轮 31

红云 34

知行合一 37

母亲颂	40
百褶裙	43
淌泪的心	46
玉手镯和糯米糍	50
回家吧	53
华盛顿精神	56
三代人	59
跳蚤与小孩	62
虾	65
挑水的故事	68
母与女	71
妇人之仁	74
黏土小老鼠	77
鞭打与赎罪	80
玩物丧志	83
碎裂的梦	86
马丁的故事	89
活	92
报恩	95

分寸 98

土壤与果实 101

水果与班级 104

绵羊与羚羊 107

金色的微笑 110

蜡黄的饼干 113

蛋卷冰淇淋 116

成长 120

理发的故事 122

对症下药 125

言出必行 128

两个10岁的女孩 131

灯笼 134

> "不出声"这三个字,是以金子铸成的,里面包含了对至亲的爱、尊重、容忍、退让。

不出声

中国一位读者投函某杂志,提出了一个有趣的小问题:

"真想和老妈吵一架。干活仔细,她嫌太啰唆;干活马虎,她又嫌不认真。请问:您同您老妈吵架吗?"

信箱主持人的回答,可圈可点,使人醍醐灌顶。

"吵!不过我一般不出声。"

"不出声"这三个字,是以金子铸成的,里面包含了对至亲的爱、尊重、容忍、退让。

年轻,常常气盛。遇上长辈斥责,如果觉得他们不可理喻,便把他们当成"精神的沙包",用无礼甚至粗野的语言,一句接一句地顶撞,非把他们弄得气血上冲、暴跳如雷不可。倘若长辈"骂得有理",年轻一辈为了满足自己争强好胜的心理,还是会"理不直、气极壮"地回嘴,这就无异于"火上浇油"了,最后,总会弄得对方面红耳赤、跳脚不已。

这种充满了火药味的回应方式,是附在年轻人身上的"菌";这种菌,就泛称为"叛逆"。

我,便曾是叛逆的刺猬。

走过了多少无知的岁月,让双亲伤神地长出了多少皱纹和白发,我才幡然醒悟,当双亲出言责备、当双亲唠叨不休时,沉默就是金,沉默就是敬,沉默就是孝,沉默就是爱啊!

忍一时风平浪静,退一步海阔天空。

忍让之道,便是简简单单的"不出声"。

只要一方"不出声",威力再大的炸弹,没人引爆,是爆不开来的。

如果心中有爱,记得,不要去引爆那个炸弹。

两代之间如此,夫妻之间不也一样吗?

小·启示

以"不出声"来回应长辈的责备,不是畏惧,不是懦弱,更不是抗议。"此时无声胜有声",只因为心中有爱啊!

> 我买给爸爸的手杖,可以用上一百年,可爸爸送给我的"隐形手杖",却是永世不坏而又可以代代相传的。

爸爸的手杖

家里的旧相册中,有张照片,我十分喜欢。

照片中的爸爸,身穿戎装,手握短枪,英气勃勃。爸爸是一三六部队的成员,在新加坡和马来西亚沦陷的那三年零八个月当中,他积极从事抗日工作;这张照片,便为那段战争岁月留下了痕迹。

严峻的军训赋予爸爸一副强壮的好体魄,几十年来,大大小小的手术动过好几次,次次都安然过关。

70岁那年,进行冠状动脉绕道手术。手术前,家人寝食难安,他反倒安慰大家:

"兵来将挡,水来土掩,怕什么呢?"

手术过后，他一醒过来，便微笑地说：

"嘿，我又打赢了一战啦！"

屡战屡胜的爸爸，在78岁这一年，被顽强的风湿病缠上了，双膝剧痛，夜不成眠。可是，旭阳一升，他便隐忍痛楚，若无其事地进行日常活动，打太极，读报纸，出门会友，寻觅美食。对于自己的病痛，只字不提。

最近几个月，我注意到，他脸露愁容。原来他双脚变得绵软无力，出门访友，举步维艰，好多次的老友聚会，都去不了。有人劝他坐轮椅，他嗤之以鼻："坐轮椅？你没看到我双腿俱在吗？"唉，进入暮年却不肯服老的爸爸，处在一个"心有余而力不足"的尴尬境界，心境未免落寞。

不久之后，我暂别双亲，到南非旅行。

一日，去逛周末集市，行经一个卖手杖的摊子。爸爸长长的腿，突然与手杖奇妙地重叠。

啊，手杖，手杖，我要给亲爱的爸爸买一根手杖！

驻足而看，几十根制工精细的手杖，一溜排开，长短不同、色泽不一、设计迥异。有些手杖，在把手上神气活现地雕了老虎、狮子、花豹等动物，十分大气；有些呢，花里胡哨地雕了各式花卉，秀里秀气。性格朴实的爸爸，应该不会喜欢精雕细琢的手杖吧？我给他选了一根很朴素又很坚实的手杖，不太重，不过，拿在手里，有很好的支撑力量。

摊主是个中年汉子，他以洪亮的嗓音自豪地说：

"这些手杖，每一根都是我手工制作的，选用的全是上好的木料，用上一百年也不会坏。"

哇，一百年！爸爸足足可以用到178岁哪！一念及此，大朵笑花便在脸上绽放。

千山万水地拎着它，飞返家门。

爸爸拄着手杖出门，笑容又重新回到了脸上。他背脊挺得直直的，步履稳健。啊，不肯屈服于岁月的老爸爸，又找到了与岁月抗衡的"武器"。

那天，跟在他后面，看着他一步一步稳稳地走着、走着，眼泪突然溢满了我的眼眶。

我在爸爸78岁之龄给他买了一根手杖，然而，爸爸早在32岁那年，便送了一根手杖给呱呱坠地的我，不过，那根手杖是隐形的，制作手杖的质料也不是木，而是人生的信念、道德的观念。我就在这根隐形手杖的支撑下，一步一步地走，稳健快乐地长大成人。我买给爸爸的手杖，可以用上一百年，可爸爸送给我的"隐形手杖"，却是永世不坏而又可以代代相传的。

现在，我已经把这根祖传的"隐形手杖"送给我亲爱的孩子了！

父母在孩子年幼时，通过各种方式把健全的道德观传递给他们，可以确保，他们成长之后，绝对不会走歪路。

> 你要永远记得，在这世界上，唯一肯无条件帮助我们的，就只有爸爸妈妈而已。

脱胎换骨

像任何青涩少年一样，长子就读中学时，性子十分叛逆。我说一，他偏做二；我希望他坐，他绝对选择站。他犯错，劝诫的话还说不上几句，他便连珠炮地顶回来，字字是匕首，句句是刀剑，一颗心被他戳得千疮百孔，痛得龇牙咧嘴；而他呢，不在乎、不道歉，转个身，便热火朝天地投入他百玩不厌的电脑游戏中了。别人看到我受伤的表情，对他说："你母亲正难过着呢！"他耸耸肩，应道："关我什么事？"

16岁负笈美国，四年后回来，脱胎换骨。在时光的磨砺下，原本嶙峋的尖角被磨平了；在岁月的过滤下，原本无知的顽固被筛除了，而长日在嘴边晃动着的刀光剑影也全都隐没不见了。给他提意见时，他若同意，便欣然说道："妈妈，您这想法真好，我很喜欢。"他如果不同意，也绝不随意反驳，只说："您让我再想想，好吗？"

一日，与我聊天，坦然说道：

"妈妈，以前，您所讲的许多人生道理，我都是左耳不进、右耳不入的。独自在国外生活的这几年，碰了许多钉子，再回想您的话，句句都是金玉良言啊！"顿了顿，又说："过去，爸爸也教了我许多做事的好方法，我却认为有其他捷径可走，执意不肯听从。后来，绕了大大小小好多个冤枉的圈子，我才恍然发现，爸爸教给我的，才是真正的捷径呢！"

瞧，近在身边时，真知灼见通通被当作不值一哂的废话，就算是如假包换的金子，也被视为一无是处的沙砾。在举目无亲的异乡异国，跌倒了没人扶起，流血了没人敷药；迷路了无人指点迷津，陷落流沙也无人伸出援手。在彷徨的迷茫里，在无助的惶惑中，过去他弃如敝屣的沙砾，蓦地还原为锃锃发亮的金子，为他照亮前方的道路。他在走出迷宫的当儿，满心感激。

最近，无意中听到兄弟俩的对话。

老二告诉老大，他在美国，有一回，打篮球时跌倒，伤及脚踝，行动不便，要求室友为他买个汉堡包，没有想到，他竟然一口拒绝了。老二生气地投诉道："他对我说，我们只是室友而已，他并没有责任也没有义务照顾我这个人，不但自私，而且连一丁点儿的面子也不给我。"老大一听，立刻正色地应道："面子不是别人给的，你得靠努力挣来。任何人都不欠你什么，他肯帮你,是人情;他不帮你,是道理。跌倒了,一定要自己站起来;站不起来,只能怪自己无能,不能怪别人不扶你。你要永远记得,在这世界上,唯一肯无条件帮助我们的,就只有爸爸妈妈而已。"

在这一刻,我觉得眼睛好似进了沙子,用手去揉,竟然揉出了薄薄的一层泪花。

经验丰富的长辈,是一块锃锃发亮的"金子",口中吐出来的,句句都是金玉良言;幼辈如果肯耐心聆听,肯定能少走许多冤枉路。

> 这少女,明明白白是一只不快乐的蛹;
> 她母亲是丝,长年长日紧紧地缠着她。

不快乐的蛹

坐在我面前的,是个眉头深锁的少女,她很努力地控制着晃动在眸子里的眼泪,不让它掉落下来。

"妈妈完全不了解我的想法,也从来不尝试去了解;她一厢情愿地要我照着她的方式去生活,有时,我觉得她连每秒我要吸入多少空气都想要控制!"

她母亲,是我远房姻亲,我不能忘记十多年前初婚时造访她的情形。

坐在厅里,她那张不苟言笑而显得过分严肃的脸,看起来好像是工匠不小心雕坏了的一尊塑像。第一句话居然问我什么时候辞职,我反问她干吗要辞职,她认真不苟地说:"结婚后,不是应该留在家里相夫教子吗?"我暗暗心惊:20世纪,居然还有如此食古不化的人！见我不语，她现身说法："你看你看，我是个会计师，可是，女儿一出世，我便辞去了薪金优厚的工作，当个全职母亲；你如果不能全心全意地照顾你的孩子，便没有当母亲的资格！"我唯唯诺诺，不予置评。甲苦心营造的乐园，可能是乙受苦的囹圄。这道理，浅显得我不愿白费唇舌。

之后，我做了母亲，老大老二老三相继出世，而我，依然坚守工作的岗位。在教育孩子这码事上，我刻意让孩子在自由的空间里快乐地成长；孩子是泥，我给他们提供多样化的模子，只要能够成形，是方是圆、是长是扁，随他们。

我那姻亲不同，她要她的女儿不方不圆不长不扁、恰恰好的那种十全十美型。她放弃专业，改行当"雕塑家"，成功地塑造了一个会弹琴、会跳舞、能绘画、能游泳、兼通三语、精通电脑的完美形象，但是，她忘了放入一个最为重要的元素：细腻的爱心。

这少女，明明白白是一只不快乐的蛹；她母亲是丝，长年长日紧紧地缠着她。

可以预见，这蛹，一旦化蝶，将会飞得远远的，永不回头。

永不。

小启示

母亲刻意铸造一个十全十美的模子,把孩子放进去。听话的孩子可能会长成一个十八般武艺样样精通的人,但是,缺乏了人生最重要的元素——快乐。

> 我不要成为在月光底下年年月月吹笛盼女归的妈妈，我要做个和女儿一起快乐地吹笛子、听笛声的母亲。

吹笛子的人

这一卷录音带，购自秘鲁。吹笛子的人，不快乐。这份抑郁，全吹进了曲调里，每个音符，都在流泪。

在书房里播放时，6岁的女儿傍着我，要我说说笛声里的故事。不知怎的，我足履曾及的科士库，立刻浮现在脑子里。科士库是坐落于秘鲁的一个印第安人麇集的高山村庄；一个"速成故事"也快速在脑中成形。

我慢悠悠地说：

"从前，有个美丽的印第安少女，和她亲爱的父母一起住在一座与世隔绝的高山上，一家三口过着简单朴实而又安逸快乐的生活。这个少女原本以为她会在高山里安安稳稳地过完一生，没有想到，有一天，来了一个外乡人。他带了一管笛子，用千回百转的笛声吹出了一个又一个动人的故事，曲调里，满满都是快乐。少女深深地着迷了，她对简陋的山居突然生出了厌弃之心，她想跟吹笛子的人走，走到山外，去看吹笛人口中那个五彩缤纷的世界。吹笛人离开高山的那一天，少女也跟着他走了。她的父母，伤心欲绝。妈妈一心认定少女是被笛声引走的，所以，砍下她最心爱的一株竹子，费尽心思，做了一管笛子。每天晚上，坐在月光底下吹，把爱，把思念，全都吹进笛声里，希望可以用笛声把女儿引回来；可是，不管她怎么努力，都吹不出快乐的曲调，笛声，就好像一串串流不完的眼泪……"

故事还没有讲完，便听到女儿的呜咽，我吓了一大跳，还没细问缘由，她便抽抽搭搭地哭了起来，边哭边说："不要，妈妈，我不要离开你！"哎哟，原来女儿听得太投入了，居然对号入座！她紧紧地搂着我，把眼泪鼻涕全都糊在我身上，说："妈妈，我很爱你，真的很爱很爱你！我不要离开你！"她的眼泪，这时静静地流进了我的心里。

我们珍惜着彼此的爱，日子流逝如水，年已15岁的她，渐渐听到外面快乐的"笛声"了。我成了个忧天的杞人，她偶尔迟归，我便坐立不安；异性电话来，我便追三问四；杯弓蛇影，草木皆兵。

一日，又为了她执意要出门一事起冲突，忽然，她的眼泪静静地流了下来，她说：

"妈妈,我已经长大了,请您给我一点自由吧!小鹰学飞时,老鹰从来不干涉。它学会了以后,不是飞去远方,而是飞回家来看妈妈哪!"

寥寥几句话,狠狠击中心坎。

啊,我不要成为在月光底下年年月月吹笛盼女归的妈妈,我要做个和女儿一起快乐地吹笛子、听笛声的母亲;所以,现在,我理性地将管束的尺度一点一点地放松、放宽,让她欢欢喜喜地去听笛声、箫声、口琴声、琵琶声、古琴声、吉他声,当她辽阔的天地里长年回旋着各种乐器的声音时,她便不会在乍听笛声之后,便永永远远地消失了!

小启示

长年在井底对着一小片天的青蛙,只要受到一点小小的诱惑,便会抵受不了,弃井而去。养孩子,不要放他在井底,要把他放在辽阔的草原上。

"养而薄"当然比"祭而丰"好,可是,最佳境界却是双亲"生年满百"而又能让儿女"丰厚地养"!

最佳境界

从中国北部风情无限好的大连旅游归来后,写信给旅居美国的忘年之交琦君,畅谈我的旅游观感。没有想到,她长长的回信,居然流满了"无声的眼泪"。

她以悲伤难抑的笔调写道:

"那时,我们住在杭州的乡下地方。父亲到其他的大城市做生意,留下母亲,守着偌大的祖屋,侍奉公婆,抚养孩子。好不容易盼得父亲回乡团聚,他却带回了一个年轻娇美的姨娘。贤淑守旧的母亲,默默无言,逆来顺受。有一回,父亲带姨娘出去玩了好一段日子,去的,正是你笔下那风光明媚的大连。回来后,眉飞色舞的姨娘,逢人便说大连,说了一回又一回,乐此不疲。

有一次，母亲忍不住在厨房里悄悄问我：'大连真的有那么好、那么美吗？'那时，我年纪虽小，却还是听懂了母亲话里那一层悲酸的含意。于是，我对她说：'娘，以后，我长大了，一定带您去玩一趟。'然而，等到我成长了，有了经济能力而想实现诺言时，母亲却已不在人间了！大连，我至今足迹未至，因为母亲已经逝世了，去与不去，对于我，都没有意义了！"

薄薄的信笺，满满地盛着化解不了的忧伤。

"树欲静而风不止，子欲养而亲不待"，这是人世间一种悲入骨髓的伤痛，也是人生一种永难弥补的遗憾啊！

最近，我出席了一个排场豪华的婚宴。宴开百席，年近四十而身居要职的新郎，以真挚恳切的语调，对着上千名宾客，说出了藏在心坎里的话：

"我出身贫寒，长期以来，双亲为了栽培我而付出的种种努力与牺牲，是道不清、说不尽的。今晚，我觉得最高兴的，是我亲爱的父母亲能够坐在宴席上，看我成婚；而最令我感觉幸福的，是我有能力为他们提供一个安定快乐的晚年。"

掌声历久不息。

在事业上有大成就，双亲能目睹；在经济上有大能力，双亲能共享，真的是人世间无可取代的大快乐、大满足啊！

"养而薄"当然比"祭而丰"好，可是，最佳境界却是双亲"生年满百"而又能让儿女"丰厚地养"！

孝道就和食物一样,是有期限的。但是过期的食物丢掉以后,可以随时再买;而如果错过了孝顺父母的期限,却会终生抱憾。

家的感觉，就是一种让人很舒服的感觉。

儿子的信

小名"泥泥"的长子，学写第一封信时，年方四岁。

当时，日胜独自在大漠工作，我让泥泥给他写信，然而，他大字不识一个，写什么呢？于是我把几句简单的话写在纸上，解释给他听之后，嘱他照抄。然而，绰号"多动儿"的他，写不了几个字，便弃笔而跑，信笺上那几个歪歪斜斜的ABC，像跟跄的醉汉。稍后，我以糖果为诱饵、用藤条为威胁，依然无法让他乖乖就范，我这才知道，我家这个小毛头，原来是"富贵不能淫，威武不能屈"的呀！哈哈！

时间长了一双无形的翅膀，他一尺一尺地向上蹿，忽然有一天，提着行李，出国深造了。

不久，我便接到了他寄自田纳西大学的第一封信；信长四页，写得密密麻麻。嘿，谁敢相信，这就是当年那个连几句话也不肯写的小顽童？

离家去国之后，不必催促，无需强迫，他的信，一封又一封接踵而来。海阔天空，无所不谈。谈学校、说学习；谈生活、说琐事；论时事、说感触。

长期书香的熏陶造就了他斐然的文采；等待他的鱼和雁，已经成了我生活里最美丽的期盼了。

这个少年，过去16年来，一直把话语储存在肚子里，好似一个密封的坛子。现在，到一个陌生的环境，明里暗里不知吃了多少亏，也不知碰了多少钉子，遇到了多少挫折、多少坎，回想起昔日在家里被无微不至地照顾着的温暖，忍不住就在信里吐露了心声。

他如此写道：

"窗外，大雪纷纷扬扬地飘落，落得很急，无声；整个大地，白皑皑的，是很苍凉的那种颜色。出国以前，我一心向往的，便是雪景了。现在，住在田纳西，冬天积雪盈尺，推窗、开门，雪就在，常在。我可以堆雪人，也可以去高山滑雪，然而，我却特别想念赤道上明媚的阳光，我喜欢那种阳光铺在身上暖洋洋的感觉；而这，也就是常人最大的通病了——老是憧憬远处的，却不懂得珍惜近在身边的。过去，住在家里，对家的感觉，是没有感觉的感觉；现在，在遥远的田纳西，我终于明白了。家的感觉，就是一种让人很舒服的感觉。爸爸妈妈，我是真的明白了。"

想到孤孤独独地住在公寓内对着茫茫白雪而写这信的儿子，一片薄薄的雪花，隔着千山万水，飘进了我的眸子里……

少年常常把家看成是限制他自由的樊笼，可是，有一天，当他在陌生的环境里跌倒了，在无人扶持的无助与痛楚里，家就成了他急于回返的避风港。

> 父母与子女，相看两不厌，天天都是母亲节，日日都是父亲节，时时刻刻都是儿童节！

母亲节

自懂事以来，孩子们在每一年的母亲节都会买礼物送给我。虽然觉得这个节日已经高度商业化了，可我还是乐得一年一度享受这种物质重于精神的亲情。唯遗憾的是，孩子总爱花钱买些笨重而又易碎的摆设品，陈列出来嘛，嫌格调不高；收着呢，又嫌阻碍地方；丢掉吗，却又于心不忍，真是名副其实的"鸡肋"啊！

有一年，我心生妙计，列出了一张购物单子——嘱老大买热水瓶、老二买雨伞、老三买电脑光盘。

母亲节那一天，三个孩子一大早便相偕出门了。我喜滋滋地坐在大厅里，等待他们把实惠耐用的礼物捎回来。

中午时分，他们回来了，沾在脸上那比阳光还要耀眼的笑，非常饱满，但却又带着几分让人猜不透的狡黠。

12岁的长子意兴勃勃地将一个方形大纸盒放在我面前，我一瞅，便知道那是从名牌蛋糕店买回来的。掀开盒子，里面蠢蠢地躺着一个胖胖的蛋糕，厚厚的奶油，五颜六色，像是小丑的脸。

嘿！他们居然浪费零用钱，送我这样一个"华而不实"的礼物！瞪着眼前这个奶油蛋糕，我使尽洪荒之力，才勉强撑住了脸上那层薄薄的笑意。

次子细心，单刀直入地问：

"妈妈，您好像不喜欢我们的礼物？"

我不想掩饰，直话直说：

"买蛋糕的钱，可以买好多把雨伞呢！"

女儿满腔委屈地说：

"妈妈，您平时最爱吃榴梿，这个榴梿蛋糕，是我们两周前便已预订了的……"

这时，长子插口说道："热水瓶、雨伞和光盘，随时都可以买呀，但是，母亲节，是我们为您制造惊喜的一个节日啊！"

望着眼前那三张天真烂漫的脸、三张热切地想把快乐带给我的脸，听着他们你一句我一句真情流露的话，我内心的羞愧，宛如退潮时的岩块，一点一点地露了出来。

嘿，我居然成了被商家成功"荼毒"的对象，嘴脸现实得可憎又可厌!

说真的,对于母亲来说,孩子身心健全,便是一份千金不易买的礼物了;而对于孩子来说,子欲"爱"而亲犹在,就是一种圆满如珠的大幸福了。

父母与子女,相看两不厌,天天都是母亲节,日日都是父亲节,时时刻刻都是儿童节!

同样的,只要健健康康地活得扎扎实实,我们天天都可以对着自己欢愉地高唱"生日快乐"!

小启示

对于母亲来说,孩子嘘寒问暖的关怀、永不言倦的陪伴、敞开心扉的沟通,就是母亲节千金难买的珍贵礼物了。

> 从此以后,她把牙齿当琴键,用牙刷在上面弹奏出一阕又一阕快乐的曲子。

阿脏和阿洁

大部分小孩的耳朵是石铸的,成人如果尝试把硬邦邦的话语灌入他们双耳,常常会因为"硬碰硬"而摩擦出不愉快的火花。

女儿入学之前,我时常为了她不肯刷牙而大动肝火。向她强调口腔卫生,她听不进去;硬逼她刷,她便耷拉着脸,把牙刷当作小毛笔,在门牙上轻轻地拂来拂去,嘿嘿,这种独创的刷牙方式,莫说牙垢,就连灰尘也扫不掉哪!

由于她"斗志顽强",我不得不改弦易辙。她喜欢听故事,我便投其所好,编造了一个故事。我娓娓说道:

"从前,有个小女孩,名字唤作阿脏。她很喜欢吃东西,偏又最讨厌刷牙。有几条虫,偷偷躲在她的口腔里开茶会,它们欢天喜地地咬嚼她留在齿缝里的菜呀肉呀糖呀饼呀,吃完了,还不饱，便把她的牙齿当作薄荷糖，一点一点地咬来吃，嘎嘣嘎嘣、嘎嘣嘎嘣，将她好好的一副牙齿咬得参差不齐，还不断地在她的口里放臭屁哪！她的口腔臭气熏天，每回一张开嘴巴，朋友全都落荒而逃，一边逃窜，还一边大声喊着说：'阿脏来了，快逃快逃！'阿脏失去了所有的朋友，从此只能和自己的影子做伴！"

说着，我取出了一张早就画好了的漫画，画里那个小女孩，嘴里的牙齿，已掉得七七八八了，剩下的两颗，污黑邋遢，上面还有几条丑恶的小虫在蠕动着。

女儿看了，露出了恶心的样子。

我乘胜追击，继续说道：

"另外有个女孩，名字叫作阿洁，最喜欢替她的牙齿洗澡。她把牙膏当肥皂，刷呀刷，刷出了一堆白白的泡沫，泡沫散发出一股清香味儿，别人闻到了，总爱问：'阿洁呀阿洁，你是不是给你的牙齿喷了香水？'阿洁很喜欢笑，每回她一笑，别人又问：'阿洁呀阿洁，你的牙齿是不是用美丽的珍珠编成的？'阿洁有很多朋友，大家天天围着她，唱歌、跳舞，圆润的笑声，神奇地变成了五彩的珠子，落满一地！阿洁把这些珠子拾起来，串成了项链，分送给朋友们，大家戴着项链，高高兴兴地上山采花去了。"

说毕，我拿出了另一张漫画，画中的那个女孩子，白白的牙齿晶晶发亮，洁净而又美丽。

女儿悠然神往的样子，非常美丽。

把两张漫画并排地贴在她房间里的墙壁上。

次日,她一起身,便主动对我说道:

"妈妈,我要替牙齿洗澡。"

从此以后,她把牙齿当琴键,用牙刷在上面弹奏出一阕又一阕快乐的曲子。

小·启示

孩子大多讨厌说教,把教诲不动声色地隐藏在故事里,是帮助他们革除坏习惯最好的一种方式。

> 看女儿学脚踏车，仿佛看到一整个人生的缩影。

人生的缩影

女儿还没有学会走路时，日胜把她放在脚踏车前面特制的小藤椅里，每天傍晚带着她去兜风。她稚嫩的笑声，像风铃，清清脆脆地飘散四处。

实在是太快乐了，所以，每当日胜一回家，她便机灵地爬到他身畔，把无言的期盼写在清澈的大眸子里。只要日胜一把她抱上脚踏车，她圆圆的脸，便化成一朵微笑的向日葵。

这个时期的女儿，是我们掌上一团尚未成形的湿泥，要方要圆、要长要扁，任由搓捏。

会走、会跑、会跳以后，给她买了三个轮子的脚踏车。

她先是在屋子后面的庭院里学，学会了便到屋子前面的巷子去骑。最初拥有自己的小小脚踏车时，她神气而得意，可是，胆子小，又没有方向感，处处要我们陪伴，言听计从。我们常常骑着自行车陪着她，在长长的巷子里兜来转去，听她喋喋不休地说着她童稚世界里的一切。

这时，掌中泥团，已成雏形；不过呢，泥团仍湿，要重塑是易如反掌的。

年岁渐长，三轮脚踏车，已成了她眼中落伍的东西。

7岁那年，她开始学踏双轮脚踏车。

她摔跤，她流血，她哭泣；而我们，扶她起来，为她敷药，为她拭干眼泪。一跌再跌，终于，在凝固的血渍与泪痕中，她成功地驾驭了那匹"铁铸的野马"。骑着"铁马"到处游逛，她发现户外天地无限辽阔。主意渐多，带她去东边玩，她说西边有片好风景；领她到北边逛，她说南边风光更绮丽。

这时，我清清楚楚地知道，手中泥团，已干硬成形了。

看女儿学脚踏车，仿佛看到一整个人生的缩影。

欢喜、担忧、惊惧、满足、惆怅、无奈，都有。

孩子年幼时,陪她、教她、扶她,然后,放手,让她学会独立。教养孩子的过程,有苦有乐,有得有失,有骄傲有沮丧,有满足有失落,百感麇集;而这,便是百味人生了。

> 她的双足，宛如上了脚镣，沉、重、迟、缓，一步一顿，好似前方是个可怕的深渊。

脚镣与飞轮

第五次走到铁门处张望，屋外那条长长瘦瘦的路，还是空空寂寂的。暮色，意兴阑珊地弥漫开来，骤然亮起的街灯，在半空中浮起一圈一圈不知所措的晕黄。

女儿每个星期二参加课外活动，之后，搭车回家，至迟六点便可以抵达家门了。可是，现在，已近八点，人未见，冷冷的电话，也好似哑巴，我觉得自己很像是被活生生扔进热锅里的一尾鱼。

足足等到八点半，才看到她披着夜色一蹦一跳地走进家门，眸子还闪着快乐的余光。悬着的心一回归原位，怒气便相应而生，看到我那张变成了青苔般的脸，她才嗫嚅地解释：活动过后，与同学留在快餐店讨论作业，没有想到时间一晃而过。想到刚才坐立不安的焦灼，再看到一桌的冷饭冷菜，我怒极而骂，之后，冷着脸孔，一整晚不再与她说话。

次日，办好事情驾车回家时，一个熟悉的影子突然跃入了眼帘，啊，是女儿呢！一反平时活泼轻快的走路方式，她的双足，宛如上了脚镣，沉、重、迟、缓，一步一顿，好似前方是个可怕的深渊。我的心，突然像船只一样颠簸起来了；把车子停在她身旁，让她上车，我装作若无其事地问她："天气这么热，你走得这么慢，不怕被烤熟吗？"听到我的语气与平时并无两样，她这才露出了笑脸，说道："我以为您还在生我的气，所以，很怕回家呢！"这话，顿时化成了一块无形的砖，堵得我胸口十分难受，而多年以前一件事，也在电光石火间闪现了……

那时，带着两岁的长子初抵沙漠。居所位于山脊，家中没电话，十分荒寂。日胜工作繁重，常常迟归，我也因此常常发脾气。一夜，抱着孩子，站在那个好似被整个世界遗弃了的山头上等他，在无边无际的黑暗里，我清楚地感觉到自己已化成了一座火山，而心坎深处那愤怒的熔岩，蓄势待发。终于，车头两盏圆圆的灯，好似怪兽的两只眼睛，由远而近，由近而更近。车子一停下，车里的人，化成了一支出弦的箭；他跑，拼命地跑，跑向那泄出温暖灯光的家门。在那一刹那间，我的眼泪，突然汩汩地流了下来。啊，那一双犹如飞轮的脚，强烈地透出了"想要回家"的信息，我还有什么可怨、可气的呢？

从此，我很努力地营造家的气氛，让屋檐下的人一看到那扇门，双脚便化成飞轮。

此刻，坐在车里，我转头对亲爱的女儿说道：

"我刚刚买了你最爱吃的芒果蛋糕呢！"

我刻意为她除去双足那无形的脚镣。

主妇应该把家化为一个乐园，而不是一所牢狱。如果家人在踏进家门时，老是看到一张苦瓜脸而不是期盼中的哈密瓜脸，那么，他们也许便会选择"自我放逐"了。

> 上一代的宿怨，铸成了千斤重的担子，沉沉地压在他肩上。

红云

每天早晨出门时，我总习惯性地看看坐在石墩上等待校车的那个孩子。

13岁，读中一，个子瘦瘦小小的，胳膊细细长长的。不瘦不细的是他的眼睛：大而圆、黑而亮，里面满满地盛着早熟的忧郁。

他的父母，经过了白天黑夜无数场天昏地暗的争吵后，在半年前离婚了。他归父亲，姐姐跟母亲。

从此，形单影只。父亲早出晚归，而他，只好苦奏潮州音乐："自己顾自己"。

他很安静，见人不打招呼，轻易不露笑脸。

一日，他肩上搭着一件校服，来按我家门铃。

"阿姨，我这条裤子裂了，您可以帮我缝一缝吗？"

"当然可以呀！"我说。

缝好了，还给他。他前前后后仔仔细细地检查一遍，老气横秋地点了点头，道个谢，也没多说一句话，便走了。拖在地上的影子，重得好像灌了铅。上一代的宿怨，铸成了千斤重的担子，沉沉地压在他肩上。

又一日，见他坐在同样的石墩上等校车。然而，脸上却极为罕见地露了笑容，还自动地打了招呼：

"阿姨，早安。"

"早安呀！"

我微笑，还没开口说话，他便已掩藏不住心中翻涌如泉的喜悦了，他说：

"我妈今天会来看我呢！"

两颊浮着两朵可爱的红云，样子满足得像是拥有了整个世界。

我看着他脸上的红云，发呆。

从来没有一次，离婚的悲凉，在我心灵产生如许强大的冲击力！

小·启示

上一代感情的纠纷对于下一代那种震撼性的影响,是超乎想象的。

> 一般父母，都偏重于感性的爱而忽略了理性的教诲，实际上，唯有双管齐下，才能成功地把孩子教养成才。

知行合一

与北京师范大学的李保初教授畅谈教育，获益匪浅。

他的独子在美国首屈一指的麻省理工学院修读博士学位，成熟、稳重、孝顺、勤劳；他坦白地指出，这是他们夫妇刻意以完善的家庭教育配合严谨的学校教育而培育出来的美好成果。

他含笑忆述，孩子8岁时，有一天，对着老师分配的作业"看图作文"发脾气，嘟嘟囔囔地说："一张图画，哪能写上800个字！谁能写，谁便去写！"牢骚发了千百回，笔杆却不曾动一动。李教授不动声色地取过了纸和笔，一挥而就；之后，把那篇作文放到孩子面前。孩子看到他居然能在那么短的时间里完成使命，不甘示弱，立刻也提起笔来，振笔疾书，结果呢，足足写了900个字，得意扬扬地拿来给他看，同时还以平时耳濡目染吸收而得的文学理论来进行分析，说道："爸爸，您以平铺直叙的方式来写，但是，我却选择了细笔描绘的方式，所以，您只能写800个字，我却能比您多写100个字！"李教授因此慎重地向我表示，言教不如身教，如果当时他大声叱骂孩子，孩子在涕泪滂沱中完成作业，也许从此便会把作文视为畏途了！

在孩子成长的过程里，李教授曾经两次责打他。那一年，他念小一，发成绩册那天，李教授正卧病在床，一看到语文科仅仅只有80分，气便往脑门子冲，翻身坐起，掴他耳光，妻子虽然心有不舍，但却与他同声谴责。后来，孩子走开了，妻子才狠狠批评他，说他因病心情欠佳，才把气出在孩子身上。他自我反省，自认无理，从此不再重犯。李教授指出，夫妻俩纵有千百种不同的意见，却万万不能在孩子面前显露出来，免得孩子因此而丧失对其中一方的尊重。

另外一次打孩子，是因为他原本答应白天把作业做好，但是，自恃艺高胆子大，临上床时，才匆匆赶做。李教授一检查，发现错误处处，忍不住出手教训。这一回，打得有理，母子二人，都无话可说；甚至多年之后，旧事重提，孩子依然认为爸爸"打得好"。正由于"打得少"而又"打得好"，孩子才会终生铭记！

一般父母，都偏重于感性的爱而忽略了理性的教诲，实际上,唯有双管齐下,才能成功地把孩子教养成才。这个道理很简单,可惜"知行合一"的人却不多。

关怀与指导,是感性的爱;责备与体罚,是理性的爱。对于教养孩子来说,两者是相辅相成的。

> 所有的痛苦和悲伤，所有的无奈和挣扎，所有的担忧和眼泪，全都会在一句甜美的话语中，得到化解，得到补偿。

母亲颂

小的时候，读歌颂母爱的作品，总会看到一个十全十美的样板母亲。

她永不动怒，藤条虚张声势地挂在墙上，孩子成绩考坏了，她会用双手搂住他，温柔地说："没有关系，你已经尽力了。"她的声音，美妙得像百灵鸟。孩子做了令人生气的错事，她会背转过身子，偷偷拭泪。

还有哪，这母亲，仪容端庄、衣着整洁，常常迈着小步，带孩子到海边去漫步、到公园去散心；在浪涛拍岸、鸟语花香的自然环境里，享受天伦之乐。

母慈子孝，岁月安好。

把书中的母亲和自家的母亲对照着相比,我嘀咕着,怎么反差那么大呢?

岁月倥偬人成长,披了婚纱,当了母亲。

这时,我才发现,与孩子共同成长的岁月,不是风和日丽的;反之,晃动在笑声里的,是滂沱的泪影;贯穿于欢乐中的,是痛苦的挣扎。母亲的声音,有时如雷吼,数里可闻。藤条也不是墙上一无是处的装饰品,当它发挥实际的功效时,孩子在"咻咻"的鞭影中痛哭流涕,而拿着藤条跳着脚的母亲,形象绝对不优雅。

母亲扮演着的,是多重的角色。

她,是一把擎天的大伞,长年长日地撑得大大圆圆的,为伞下的人遮阳挡雨。伞面被骄阳晒得褪色了、被雨水打得发皱了;伞无怨无悔,而伞下的人,健康快乐地成长。

她,是一个任劳任怨的农夫,把一颗颗"道德"的种子播种在孩子的心田里,然后,勤奋而耐心地浇水施肥、锄草抓虫,让种子一点一点地茁壮成树。

她,是一方手帕,当孩子走路跌跤流血时,当孩子因感情受伤而流泪时,她默默地为孩子拭血、抹泪。血痕去了,泪痕干了;手帕也旧了、破了。

她,是一支永不坏损的温度计,时时不忘为孩子量体温。孩子体温一升,她便知道;孩子体温稍降,她也知道。只要体温失控,孩子的病榻前,总有个蓬头垢面的人,日夜不停地守候。

她,是一块承受剧痛的针插,当孩子有意无意地将语言和行为化成尖尖细细的针,刺入她的心房时,她以坚忍的忍耐力来承受这一份磨难。针一下一下地戳,针插虽痛,不语。

然而,所有的痛苦和悲伤,所有的无奈和挣扎,所有的担忧和眼泪,全都会在一句甜美的话语中,得到化解,得到补偿。

这句话是:

"妈妈,我爱您!"

小启示

> 作者颠覆了书上母亲那十全十美的样板形象,还原了母亲本来的面貌。真实世界里的母亲,虽然不是完美无瑕的,但是,同时扮演着多重角色的她,不折不扣是"爱的化身"。

> 青春正当,想要、想穿百褶裙的愿望,像火一般烙着我的心。

百褶裙

百褶裙来势汹汹地在新加坡流行开来时,我读中一。

街上的少女,穿上漂亮的百褶裙,顾盼生姿,我痴痴地看,好生羡慕。

她们裙子上那一道道竖着的皱褶,是有个性的。有些褶痕硬邦邦、直挺挺的,神气活现,好像接受检阅的士兵。有些皱褶呢,却是软乎乎、轻飘飘的,风一吹,那些皱褶转呀转,不见了,可等风一止,它们又一条一条优雅服帖地回归原位;它们像什么呢?唔,就像是喜欢玩捉迷藏的俏姑娘。

青春正当,想要、想穿百褶裙的愿望,像火一般烙着我的心,可是,一条百褶裙,是不便宜的,家里经济困窘,我当然不能也不敢开口要求母亲买,只有一声不吭地等、满心期盼地等,心里苦若黄连。

终于等到那一天了，母亲捎了一条百褶裙回家来。

很嫩的翠绿，是树上新芽的那种颜色，裙摆缀着若隐若现的小黄花；一条条美丽的皱褶，像听话的孩子直直地立着。我双眸发亮，心房狂跳；然而，没有想到，母亲竟然开口喊道：

"阿文，过来试。"

阿文是我的姐姐，比我大2岁。我顿时好像挨了一记重重的耳光，脸热辣辣的。悻悻然地躲进房间里，眼泪扑簌簌地往下掉。啊啊啊，从来不知道，自己居然有那么多、那么多的泪水，可以装满一个大大的缸。

"我是个没有人要的孩子。"

可怜巴巴地下了结论，完全不曾想到同时购买两条百褶裙，以当时家里的经济情况来说，是全无可能的。

恨百褶裙，连带也恨穿百褶裙的姐姐，恨得天昏地暗。每回姐姐穿上那条我连梦里也沾不到边的百褶裙，我便用眼睛瞪她、用整颗心来恨她。

隔了几个月，在全然没有心理准备的情况下，母亲出门，回来时，拎了一条百褶裙，扬起声音喊我：

"阿今，快来试。"

我扑了过去，看。水红色，上面有很多个软软的皱褶，好像温柔的波浪。我轻轻地摩挲着它，欢喜得几乎晕厥。

我是在梦中吗？我喃喃自问。

从此，对亲情，重新又有了信心与眷恋。

对百褶裙一直都怀着一种特殊的感情，因为它蕴藏着这一段鲜为人知但却刻骨铭心的往事，还有，少女时代一种复杂、微妙而又危险至极的心理变化。

小·启示

处于敏感年龄的少女，凡事只看到表面，怨怒气恨，只因不明内情。身为父母者，必须小心观察，勤于沟通，才能避免孩子产生偏差的心理。

> 只要一日不接到死讯,她便有一日的憧憬;也正是这个漫长的等待,使她的暮年有了盼头,有了寄托……

淌泪的心

那天,为了瞻仰那遐迩闻名的活火山,我和日胜风尘仆仆地来到了智利中部的小城维拉吕卡。

这地方,位于人口稀少的湖泊区,我们下榻于民居。

房东是一对年过六旬的夫妻,丈夫约翰惜语如金,性格内敛;妻子琳娣爱刚好相反,热诚好客,有着不属于她这年龄的活泼,一碰面,便有说不完的话,声音清脆如银铃,煞是好听。

我注意到她客厅有二多。

一是纪念品多,展示橱里,摆满了购自澳大利亚的各式纪念品,包括悉尼歌剧院水晶模型、袋鼠标本、羊毛挂毯、珊瑚与贝壳雕塑品等等。二是照片多,大大小小的照片,镶在形形色色的镜框里，墙上挂几张，玻璃橱里放几张，架子上摆几张，还有……

琳娣爱指着琳琅满目的照片，自豪地说：

"我有八个孩子，四男四女；十二个孙儿，六男六女，男女比例十分均衡呢！"

"他们都住在维拉吕卡吗？"我问。

琳娣爱摇头说道："全都移居澳大利亚了。"

"全部？"我讶异地问道。

"是的，多年以前，我们全家老幼一起离开的。澳大利亚可以说是人间乐土，衣食住行样样好。我们在那儿住了二十余年，几年前才退休而回返智利。"

"你们的儿孙都在澳大利亚，那儿对退休老人也有很好的福利照顾，为什么你俩要远离儿孙，回返智利呢？"我不解地追问。

琳娣爱没有吭声，半晌，从架子上拿起了一帧黑白照，递给我，说：

"你看。"

我仔细地看，照片中的男子，很年轻，五官俊秀，英气勃勃，我问：

"是您丈夫年轻时的照片吗？"

她摇头，眼中的笑意蓦然冻结了，眼神变得有点恍惚。取回了照片，她温柔地看了好一会儿，才说：

"他是我最小的儿子，拍这张照片时，他在圣地亚哥读大学，是工程系最后一年的学生。"

我问：

"他现在也住在澳大利亚吗？"

她轻轻地摇了摇头，说：

"不，他还在智利。"

在我狐疑的目光里，她垂下眼睑，过了好一会儿，才抬头说道：

"80年代初期，智利政局动荡不安，时时发生暴动；我这个儿子，在一场骚乱中失踪了，我一直没有接到他死亡的正式通知，可是，他也一直没有回来。事情发生后，我夜夜失眠，事事抓狂，精神几近崩溃。约翰决定把我带离伤心地，于是我们全家移居澳大利亚。"顿了顿，指着失踪孩子的照片，又继续说道："几年前，退休后，我决定重返智利，主要就是为了他。我的另外七个孩子，全都成家立业了，日子也全都过得舒舒服服的，唯有他，只身飘荡在外，生死未卜。我坚信，他总有一天会回来的。回来的，也许不是他的肉身，而是他的魂魄；但如果我和他爹一直待在悉尼，那么，他回来后，又该上哪儿找我们呢？所以，我们决定守在这所老屋里，等他。"

有眼泪从我心里淌了出来。

这是多么无奈的一种等待啊，它交缠着希望与绝望，混合着快乐与痛苦，糅合着期盼与害怕；然而，只要一日不接到死讯，她便有一日的憧憬；也正是这个漫长的等待，使她的暮年有了盼头，有了寄托……

生命会消失，可母亲的心，永远不死。

孩子遇难，对母亲而言，每一天的思念都是精神上的凌迟；即使有一天自己的生命走到了尽头而化成了灰，那灰烬，依然还是痛楚的。孩子如有孝心，就应该设法把自己照顾好，千万不要让母亲忍受"白头人送黑头人"的断肠之苦。

那种永世诀别的伤痛固然折磨人，可更叫人吃不消的，是生活里点点滴滴的琐事，都牵牵绊绊地有着亲人渗透在内的影子。

玉手镯和糯米糍

陕西的南山盛产蓝田美玉。

在西安一家玉器专卖店里，一名妇人看中了一个蓝田玉手镯，套在手腕上，看了又看。

店员鼓其三寸不烂之舌游说：

"蓝田玉啊，质地坚实细密，色泽清冽透明，戴在手上，保证气血畅通，越戴越绿，越绿越美！"

呵，真有那么好吗？

我凑过头去看。那玉手镯，像是一环氤氲于天地间的彩雾，灵气逼人。婆母向来喜欢玉，腕上常年戴着的那个玉手镯，青翠通透，但是，质地不若眼前的蓝田玉这般细致秀美。心想，就给她捎一个吧！左挑右选，选了好久，才选中了一个。正要议价时，一把无形的锥子猝然插入了我心口，我在痛楚中醒了过来。

啊，这玉手镯，就算美绝人寰，又有啥用！

买了，该送去哪儿，送去哪儿啊？

不久之前，一个笃信佛教的朋友，千里迢迢捎了一尊雕工精湛的小佛像给我，我脱口便说：

"好极了，农历新年正好可以带回去怡保给我婆母！"

话一出口，整个人便怔怔忡忡地掉进了一张黑色的大网里。啊啊啊，明明已是阴阳两隔，可为什么那一份情依然在心里千兜百转，缠绕不去？

亲人骤然消失于人间，那种永世诀别的伤痛固然折磨人，可更叫人吃不消的，是生活里点点滴滴的琐事，都牵牵绊绊地有着亲人渗透在内的影子。剪不断，理还乱啊！

南昌好友阿彤，长年在深圳打拼，留下稚龄孩子由婆母照顾。每年荔枝上市，她一定带一大箩婆母特爱的糯米糍回去，让她大快朵颐。孩子被一寸一寸地拉拔长大，婆母两鬓全白，健康慢慢走下坡。阿彤事业如中天之日，越干越红火。那年夏天，家书频传，家人嘱咐她早日返家探望缠绵病榻的婆母，可她迟迟没有动身，原因是那年的荔枝迟熟，而她，想要带几箩糯米糍回去孝敬来日无多的婆母。等，等了又等，等等等，好似熬了漫长的一个世纪，荔枝才在枝头露出了嫣红的笑靥。她化身为箭，箭上沉甸甸地挂着火红的糯米糍。然而,飞机还在高空翱翔,婆母却在病榻上咽下了最后一口气。她拖着两大箩糯米糍,来到灵柩前,糯米糍甜甜的香气萦绕棺木,可婆母却连一粒也吃不上了。

此后多年,每回看到枝头荔枝大红,阿彤总觉得那是沾着血的泪,是从她的心叶淌出来的,她喃喃地说:

"我忘记了,荔枝可以等,生命却不能……"

小启示

"树欲静而风不止,子欲养而亲不待",是人世间最大的遗憾。要使生命不留遗憾,父母健在时,儿女应该把"快乐"包装成礼物,天天送给父母。笑一笑,十年少。父母长寿,就是给我们最好的报偿。

> 上一代的人，碍于尊严，不肯、不愿表露心中的感觉；
>
> 下一代的人，囿于习惯，不会、不要表达心中的歉意。

回家吧

读了一篇发人深省的短文《帕科，回家吧！》

该文叙述，在西班牙的小镇上，有一个名唤乔治的男子，有一回，与儿子帕科发生了激烈的争吵。次日，儿子帕科离家出走了。乔治懊悔不已，意识到世界上没有什么比儿子更为重要的了，于是，他迫不及待地赶到市中心一家有名的商店，在店门前贴了一张醒目的告示，上面清清楚楚地写着：

"帕科，亲爱的儿子，回家吧！我爱你！明天早上我将在这儿等你！"

次日早上，乔治来到那家商店前，错愕地发现有7个名字唤作"帕科"的男孩等在那儿，眸子全都是晶亮晶亮的，全都希望这是自己的父亲张开双臂向他发出的呼唤！

　　两代之间，有爱，但是，发生龃龉之后，上一代的人，碍于尊严，不肯、不愿表露心中的感觉；下一代的人，囿于习惯，不会、不要表达心中的歉意。双方僵持不下，久而久之，僵成冰、冻成霜，即使动用世界功效最强的暖气机，也融不了、化不掉；最后，那冰那霜转化成双方心中的恶性肿瘤，就算华佗再世，也返魂乏术了。

　　在现实生活中，类似这样的例子，不胜枚举。

　　我所认识的一名少女，在与母亲争吵后，搬去朋友的家。华发早生的母亲，明明很盼望女儿尽快回家，偏偏口出恶言，口口声声叫女儿"死在外面别回来"。女儿当然知道朋友的家不是久留之地，但想到凶神恶煞的母亲，心里纵然有千般想回家的意愿，却倔强地装出一脸漠然。这种忤逆的态度进一步触怒了母亲，跳着脚喧喧嚷嚷要和她脱离母女关系。最后，少女在其他长辈强大的压力下，终于抑郁地搬回家里。然而，不久之后，受不了母亲秋后算账的恶言恶语，再度出走，迄今不知所终。

　　近读一则短文《我的儿子马友友》，深受感动。以拉大提琴而成为乐坛超级巨星的马友友，在15岁时误交损友而染上喝酒恶习，有一回，喝得烂醉如泥，被送到急诊室，没到乐团练习。他父母知道了，心急如焚而又心痛如绞。母亲冷静地对父亲说道："不要处罚他。你罚他的话，情况可能会变得更加糟糕。如果能开心见诚地处理,他可能还会改过来。"他接受了劝告,心平气和地对儿子说道:"友友,也许我吃饭的时候喝点酒给你立了坏榜样,由现在开始,我不喝酒了。"理智的处理方式对这个心思敏锐的少年产生了预期效果,他深感内疚,此后,永远不曾再犯同样的错误。

两代间的爱,是桥梁,是润滑剂,是解忧剂;但是,心中有爱而不善或不愿表达,那桥,是断的;那润滑剂,是干的;那解忧剂,也绝对解不了忧!

小·启示

父母与孩子之间没有隔夜仇,争执发生后,如果双方不愿卸下心防、放下尊严和成见,而彼此之间又疏于沟通与理解,两代关系必会结成霜雪。唯有努力寻求合适的沟通方式,真诚表达内心的想法,才能建立紧密圆融的亲子关系。

> 自小诡计多端的她，竟把"勇于认错"当作是免除责罚的一个"挡箭牌"。

华盛顿精神

美国第一任总统华盛顿，在童年时，砍掉他父亲心爱的樱桃树，在父亲暴怒的责问下，毫不畏缩，实话实说：

"是我砍的。"

诚实，在这种情况下，是需要勇气的。

十分佩服，也十分赞赏。

我成了母亲以后，在家庭里充分发挥"华盛顿精神"。

孩子犯错，无论大小只要从实招来，我便从轻发落。我希望通过这种正面的、富于鼓励性的教育方式，刻意把"诚实"这种传统美德灌输给下一代。

在这种"坦白从宽"家风里成长的女儿，与我"合作愉快"。她把"华盛顿精神"发挥得淋漓尽致，一做错事，立马爽爽快快地认错,绝对不会藏头缩尾胡乱编造谎言。

起初,我以为"教导有方",心中窃喜。

然而,渐渐地,我发现不对劲了。

自小诡计多端的她,竟把"勇于认错"当作是免除责罚的一个"挡箭牌"。

把哥哥的课本撕下来折飞机,她面不改色地说:

"是我撕的。"

将我美丽的桌布剪得七零八落,她声音平和地说:

"是我剪的。"

以蜡笔在洁白的墙壁上胡乱涂鸦,她气定神闲地说:

"是我画的。"

有一天,我自外归家,赫然看到新买的沙发出现了一道长长的割痕,诘问之下,这7岁的小女孩摆出了一副"泰山崩于前而色不变"的模样,说:

"是我割的。"

天呀,这沙发,价格可不便宜呢!暴怒之下,抡起藤条,在她腿部鞭了一下。

她吃痛、吃惊,声泪俱下地问我:

"妈妈!你不是说凡事老实认了就没事吗?为什么现在又打我?"

面对这项"言而无信"的"指控",拿着藤条的我,愣愣地看着她,哑口无言……

诚实是美好的品德，但当它被孩子滥用而变成逃避责罚的手段时，它就"变质"了。唯有切实地了解诚实的本质，我们才能使这优良的素质真正地发扬光大。

> 寥寥几句简简单单的话，却清清楚楚地展现出三代人迥然而异的价值观。

三代人

人人饱餐之后，桌上还剩下三块鸡肉。

婆母说："放进冰箱，留明天吃吧！"

我说："别留了，一人一块把它吃完吧！"

女儿说："太饱了，吃不下，倒掉啦！"

话一出口，便相对莞尔。

寥寥几句简简单单的话，却清清楚楚地展现出三代人迥然而异的价值观。

婆母那一代，由中国南来，经历过烽火连天、朝不保夕的苦难；更体验过颠沛流离、三餐不继的艰辛。战后重建家园，碗里的每一粒米饭，都是胼手胝足苦拼而来的。暴殄天物，天理不容。有时，吃剩的卤汁，也用碗盛了，留到次日拌饭吃；而带她到餐馆时，对着一盘盘美味佳肴，她总唠唠叨叨地说："同样的东西，由我来煮，可以省下好几倍钱哪！"

我这一代，由贫穷而趋富足，在"由俭入奢"的漫长过程里，我尝到了"家无隔宿之粮"的苦头，也尝到了"要啥有啥"的大好甜味。我懂得节俭存钱的重要，可我也知道挥霍花钱的快乐。食品摊贩的白菜萝卜汤，价格低廉，我喝得津津有味；餐馆里的"佛跳墙"，价格高昂，我也不吝于品尝，反正千金散尽还复来嘛！不过，话说回来，我虽然懂得在物质上自宠，但是，我曾苦过，我知道一米一饭得来不易，所以，我绝对不会轻易糟蹋任何粮食和物资。

到了女儿这一代，出生于国泰民安的繁荣盛世，成长于不虞匮乏的温馨家庭，饭来张口，衣来伸手，充分享受着花钱如流水的乐趣，但却不知道钱从哪里来。"节俭"于她而言，仅仅是个陌生的名词。

一个朋友感慨万千地指出，从刷牙的方式，就可以看到几代人价值观的转变。

他的父母辈，在无水无电的环境里长大，视水如甘露，以杯盛水，杯里的水，总是不多不少刚刚好；刷完牙之后，才小心翼翼地就着杯沿慢慢地漱口。到了他这一代，经历过政府限时用水（制水）的不便，因此，用水时会"量入为出"，往往在刷完牙之后，才扭开水喉，匆匆把口漱干净，绝不浪费一点一滴的水。到了他儿女这一代呢，却奢侈地使用电动牙刷，在开动牙刷的同时，也漫不经心地扭开水喉，水就好似背景音乐般，哗啦啦地流，刷牙的人却全无痛惜之心……

小启示

作者、婆母与女儿对剩菜的处理方式，显示了三代人迥异的价值观。惯于节俭的长辈如果勤于和喜欢挥霍的幼辈进行沟通，当能让年轻一代学会惜福之道。

那一重又一重无形的枷锁，那一道又一道呆板的约束，早已僵化了他原本灵活的创造性，扼死了他的主动性，使他变成了一个墨守成规的人。

跳蚤与小孩

跳蚤，仅仅几毫米大，但却能跳得极高、极远，如果说人腿的跳跃能力和它相等的话，那么，人随意一跃，便可越过五个街区。

有人做了一项有趣的试验：将一只跳蚤放在玻璃瓶子里，限制它跳跃的范围；在接下来的一段日子里，渐次更换瓶子，瓶子越换越小，跳蚤活动的空间愈缩愈小，跳高和跳远的能力也全面受到了压抑；最后，把它关在一个高达一寸的玲珑小瓶里，跳蚤全然无法施展跳跃的本能。过了一个时期后，再将它移到一个巨型的玻璃瓶中，这时，跳蚤完全丧失了原本强劲的跳跃能力，再也跳不高、跳不远了。

由此可见，具有负面影响的后天环境对于先天潜能来说，不但有着强大的抑制力，而且，还具有极强的破坏力哪！

复述一个听来的故事。

有一名小孩，看着桌面上的颜彩和画纸，心中创作的欲望汹涌澎湃，他迫不及待地拿起了画笔，可是，笔才一落在纸上，老师便喝止了他："停！我还没有叫你动笔哪！"接着，老师在黑板上绘了几朵花，要全班孩子照图摹画。创作热情被硬生生地浇熄了的这个孩子，一笔一画地"依样画葫芦"，意兴阑珊。

在这种禁锢思维的环境里待了长长的六年，孩子渐渐长成了一个言听计从、毫无主见的人。

上了中学后，换了一个新的环境。有一天，对着搁在面前的颜彩和画纸，有一道瑰丽的彩虹蓦然从脑子里闪了出来，他的创作欲望又蠢蠢欲动了。他拿起了画笔，可是，才在纸上画下了第一笔，教师便喝止了他："停！我还没有叫你动笔哪！"小少年悚然而又颓然地搁下了笔。这时，教师取出了一张模范图画，他照画如仪，兴趣索然。

此后，在漫长四年的中学生涯里，他长成了一个只会听候命令才敢迈出第一步的少年。

升上了初级学院之后，他面前放着颜彩和画纸，可是，他心中、他脑里，一片空白，他安静而呆板地坐着，等待教师给予他指示，等待教师拿出既定的东西来让他摹绘。多年以来那一重又一重无形的枷锁,那一道又一道呆板的约束,早已僵化了他原本灵活的创造性,扼死了他的主动性,使他变成了一个墨守成规的人,别人推一下,他才走一下。

为人师长者,为人父母者,请不要把孩子培养成超市里一瓶瓶面目模糊而又一式一样的葡萄汁,我们应该将他们还原为树上有着活泼生命力的葡萄,让他们依据心中的欲望,各自长成不同的面貌。唯有给孩子松绑,才能使他们的思维长出翅膀。

小·启示

身为师长与父母者,应该让孩子尽量发展他们内在的潜能,鼓励他们追寻心中的理想,而不是用条规去捆绑他们,使他们变成折翼的天使。

> 虾，矜贵地躺在一个敞开的木箱里，特长、特肥大、特丰满，和那天在东京展示柜里看到的塑料展示品一模一样。

虾

清晨九点，在东京一家餐馆的展示柜里，我的两个孩子对着那一碗日式炸虾汤面啧啧称奇。

让他们惊叹的，是风情万种地躺在汤面上的那只虾——特长、特肥大、特丰满。长长的虾尾，由大碗的一端意气风发地伸展出去，很有几分自炫的味儿。

我一看，便嗤之以鼻：

"只不过是一只塑料虾而已，居然哄得你们眉开眼笑！"

长子反驳：

"一碗面，只有区区一只虾，标价1500日元（当时折合新币约24元），如果不是用这种巨无霸虾，怎么会这么贵！"

我叹气：

"难道你不晓得什么是商业手腕吗？这么大这么长这么肥的虾，世间哪儿去寻？"

长子振振有词：

"您没见过，并不意味着不存在！"

我笑他未见世面，他说我固执如牛。很遗憾的，当时，时间过早，餐馆尚未开门营业，我未能以实际行动来证明他的无知，只能用一句"我吃过的盐比你吃过的米多"之类的老生常谈来鸣金收兵。

后来，在其他的餐馆，看到的塑料展示品，虾的体积都是"中规中矩"的，每碗标价由600日元到800日元不等。长子说："虾小，当然便宜；如果用的是巨型大虾，自然得收双倍的价钱啦！"我重重地叹了一口气，心想：夏虫不可语冰呀！

过了几天，到筑地大渔场去逛。海产的种类，惊人的多，许多海鲜，见所未见。我们都像是进了大观园的刘姥姥，连声赞叹。

这时，长子忽然驻足，发出了石破天惊的喊叫声：

"妈妈，妈妈，快来看！"

我停下脚步，一看，便瞠目结舌。

虾，矜贵地躺在一个敞开的木箱里，特长、特肥大、特丰满，和那天在东京展示柜里看到的塑料展示品一模一样。

就在这时，长子的话突然闪进了脑际：

"您没见过,并不意味着不存在!"

此刻,站在这罕见的"巨无霸虾"面前,我面红耳赤。

许多时候,吃过的盐比别人吃过的米多,只能证明自己患上肾脏病的风险和机会比别人高而已!

小·启示

世界无奇不有,没有亲眼见过的事物,并不意味着不存在。只有持着开放的态度,才能在辽阔的视野里看见更丰美的景致。

夕阳的余晖落了下来,婆母多皱的脸,好像罩了一张橙色的蜘蛛网。

这是一张绝顶美丽的脸。

挑水的故事

那一年,偕同婆母到海南岛去,主要是为她实现美丽的"还乡梦"。

回到了文昌市名门村,乡亲父老欢欢喜喜地把离乡半个世纪的婆母迎回家去。叙旧以后,还是叙旧,50年的乡情,像一条长长的溪,潺潺地流动着。

傍晚,把嗓子说哑了的婆母,带我去看名门村那一口永不干涸的明月井。将坠未坠的夕阳,为清澈的井水薄薄地镀上一层酡红色的亮光。

婆媳俩坐在井畔聊天。

婆母指着那一口井,感慨万千地说道:

"在这儿生活时，天天都得挑水，来来回回地挑上十多趟，才够一家子使用。挑水，不但要有臂力和脚力，还得讲求技巧。"

婆母说着，站起来示范。

"桶，用力地抛进井里，水一满，必须直直地拉上来。扁担两头，一头挂一只桶；人呢，一蹲、一站，居中挑起扁担，大步向前走，途中不得停歇。每每到家，滴水不溅，两只桶，都是满满的，看了就开心。"

说着，婆母嘴角泛起了一抹微笑：

"我的弟媳，就不行啰！她走得慢，中途又常停顿，桶里的水，边走边溢，越溢越少，回家一看，只剩半桶。"

聊起这些琐琐碎碎的陈年往事，婆母谈兴极浓。

"当年，我的婆婆，是个很严厉的妇人。我和弟媳俩，一天到晚被她差遣得团团转，连喘口气的机会也没有。有一回，我生病，发高烧，可是，她还是坚持要我去挑水，结果呢，把水桶从井中拉起来时，我也整个人昏倒在井边！我病倒以后，可怜我那弟媳，往往返返挑水挑得连肩膀都肿了起来。"

忆及她那"苛刻"的婆婆种种不合理的行为，我眼前这位年近八旬而心胸开阔的婆母，语气无怨，语调无恨：

"她很不容易相处，可是，既然她是我的婆婆，我也只有忍着她、让着她了。只有一件事，我始终瞒着她。"

我的好奇心，全被撩起来了。

"村子里有个老妪,无儿无女,年老力衰,我每天都挑好几桶水给她用。我力气大,脚力强,走得快;我的弟媳往返一趟,我却已来去三回。我就利用这个便利,替那个老婆婆挑了好多年的水,直到她去世为止。"

夕阳的余晖落了下来,婆母多皱的脸,好像罩了一张橙色的蜘蛛网。

这是一张绝顶美丽的脸。

通过挑水的生活琐事,作者的婆母展现了上一代女性坚忍不拔的性格和胸襟开阔的修养。海纳百川,有容乃大。

> 暮年丧偶的悲恸,是一座无形的坟墓;然而,这个生命力逐渐枯萎的妇人,却因为女儿的孝心,兴高采烈地重新活了过来。

母与女

"猜猜看,我妈几岁?"

在坡卡拉的中餐馆里,邻座那名来自智利的漂亮女子意兴勃勃地问我。

我在柔和的灯光下端详那妇人,除了眼角和额上有些许淡淡的皱纹外,母女俩的五官和轮廓,如出一辙,惊人地相似。从外貌上推断,至多半百。听了这话,两人一齐爆出得意而又快活的笑声。

"61,她足足61岁啦!"

实在难以置信,这个年过六旬的妇人,昨晚还穿着一袭时髦的蜡染衣裙，和尼泊尔土著在乐声喧天的舞台上，收放自如地大跳其舞，眼神、手足、腰臀，全都是活泼的音符。

今晚，已是我在坡卡拉与她们不期而遇的"三见欢"了。

第一次见到她们，母女俩正风尘仆仆地背着沉重的行囊，穿街走巷地寻找旅舍。妇人昂首挺胸的神气劲儿，仿佛是要向世人证明，背包旅行并不是年轻人的"专利权"。当时，接触到我赞赏的目光，妇人友善地颔首微笑。

第二次相遇，是在坡卡拉的一家露天餐馆。土著在台上载歌载舞，她在台下击节哼唱，圆大的眸子，盛满笑意。后来，土著邀请台下的宾客上台同乐，她毫不犹豫地跳上台去，舞得浑然忘我。

现在，三度相遇，我们好似多年老友般，热切地攀谈起来。

母女俩计划以长达一年的时间，遨游亚洲诸国。

"以前，我父亲常偕同母亲旅行，前年因病去世后，母亲再也没有出门了。我看着她一天天萎靡不振地苍老下去，心里真是难过。去年，我决定申请几个月无薪假期，带她出国玩玩，没想到她却极力怂恿我玩足一年。我说，在外久玩，唯一的选择是背包旅行，她频频说没问题、没问题呀！结果呢，上路之后，她玩得比我还要起劲、还要疯狂！现在，我们已经在外旅行了九个月，老实说吧，我觉得很疲累了，可是，我妈却还口口声声说时间太短了，玩不够！"

暮年丧偶的悲恸,是一座无形的坟墓;然而,这个生命力逐渐枯萎的妇人,却因为女儿的孝心,兴高采烈地重新活了过来。

小启示

当年迈的父母遇上难以化解的伤痛时,身为子女,如果能给予他们温暖的陪伴,必定能帮助他们跨过生命的低谷,重新振作,重觅人生的乐趣。

> 妇人之仁，往往是培养孩子独立精神
> 的绊脚石。

妇人之仁

孩子年幼时，晚上如有应酬，我往往得在赴宴前，拖拖拉拉地把三个稚龄孩子送往娘家，请母亲帮忙照顾。

母亲住在13楼，我亲自把孩子送上去，安顿好，才放心离开。有时，电梯坏了，哎哟，气喘吁吁地爬上去，再汗流浃背地走下来，赴宴的大好心情，破坏殆尽。

有好多次，日胜劝我："就让孩子自己乘搭电梯上去吧，新加坡治安良好，不会发生什么事的！"

可我看看三个分别为3岁、4岁、9岁的孩子，一个比一个可爱，硬是"狠不下心"来让他们"独立行事"。直到有一回，某个社团为了响应守时运动而再三提醒宾客准时赴宴，我看看时间实在来不及了，勉强同意让孩子自行上楼。一到了餐馆，便赶紧拨电话,等电话筒里传来了他们清脆的童音,我那颗虚悬的心,才安然回归原位。

自此以后,晚上赴宴,车子一到娘家,孩子便泰然自若地挥手说道:

"爸爸、妈妈,再见啦!"

说毕,开了车门,三个人,自信而又快乐地跑去搭电梯。

我常常旅行,每回出国之前,总千里迢迢地把孩子送往400公里外的怡保,交给婆母照顾。之后,马上赶回来收拾行李。坦白说吧,这样马不停蹄地赶来赶去,挺累的。

后来,日胜建议,由初上中学的长子带弟弟妹妹乘搭长途公共汽车回去。他说:"坐夜车,睡一觉,便到了。"可我不放心,坚持由自己送。

如此又折腾了两三年,到长子读中三时,日胜坚持,我才勉强同意。

那一夜,素来高枕无忧的我,居然睁眼到天明。日胜见此,不由得摇头叹息:"天下本无事,庸人自扰之。"清晨,怡保来了报平安的长途电话,我那颗风云激荡的心,才彻底安定了。

自此以后,三个孩子,拿着护照,进进出出马来西亚,习以为常。

妇人之仁,往往是培养孩子独立精神的绊脚石。

小启示

做父母的，只有在安全的范围内，适度地放手，才能培养孩子独立自主的能力；他们长大成人后，也才能更从容地面对这瞬息万变的大千世界。

> 女儿做的，是黏土小老鼠；实践的呢，却是严肃的创作理论。

黏土小老鼠

我老姐生日时，9岁的女儿为了送礼的问题而大伤脑筋。

终于，想到了，她要亲手做只泥塑小老鼠送给同样属鼠的大姨。

意兴勃勃地买了黏土、颜彩，便废寝忘食地做了起来。缺乏经验，只能凭借想象，搓搓捏捏老半天，做出了一堆"三不像"的东西。

我看她一脸焦灼，满头大汗，于心不忍，随手拿起其中一只，安慰她说：

"你看，这只，不是挺有鼠相吗？行啦，上色吧！"

她小心翼翼地用颜彩将那只小老鼠涂成灰黑色，搁在桌上，开了风扇，把它吹干。

她爸爸下班回来，看到了，大声赞美：

"哇，这只兔子，做得真像，手艺可真好啊！"

这几句话，具有超强的破坏力，女儿的脸布满阴霾，毫不痛惜地把那只"小兔子"丢掉了；空空的垃圾桶发出了"咚"的一声闷响，好似在责备"睁眼说瞎话"的我。

次日，重新买了黏土和颜彩，再来拼搏。

这一回，她汲取了教训，再也不盲目搓捏了。

她将印有老鼠图片的故事书一一摊开来，趴在地上，全神贯注地反复观看。对老鼠的形体有了清楚的认识后，再进一步去揣摩老鼠的神韵。

胸有成竹而去画竹，水到渠成；同样的，胸有老鼠而去捏鼠，立竿见影。

捏成的老鼠，活灵活现。如豆的鼠目，鬼祟；尖尖的鼠嘴，猥琐。

受到书上卡通老鼠的启示，这一回，她在颜色的选择上，开创了新意。她先把老鼠小小的头颅和长长的尾巴涂上干净甜美的米黄色，然后，在胖胖的鼠身上，大胆地选用深蓝为底色，画上玲珑可爱的黄色小圆点，既奇特又逗人！

女儿做的，是黏土小老鼠；实践的呢，却是严肃的创作理论。

研究、模仿、创新，正是艺术创作的三部曲啊！

她的大姨接到这份别开生面的礼物时，笑不拢嘴，爱不释手，啧啧惊叹着说：

"这只小老鼠，可真有创意啊！"

不论是从事艺术创作或是求取学问，都应该按部就班，循序渐进；急功近利地想要一蹴而就，往往得不偿失。

> 培养知廉怕耻之心，是道德教育的首要之务。鞭打，只能是一种权宜性的手段。

鞭打与赎罪

这事，发生于童年，宛如斧凿刀刻的记忆，是终生不褪的"胎记"。

当时，在怡保租房而居，房东夫妇沉默寡言，早出晚归；16岁的独子乏人管教，无心向学，旷课逃学是家常便饭。

一日，举家外出，回来时，我惊异地发现房门被撬开了，房内是一片翻箱倒箧的凌乱，母亲柜里存放的两百余元被窃。由于大门锁头完好无损，"嫌疑犯"呼之欲出。

房东严加诘问，独子直认不讳。房东在震怒之余，将他以绳子捆起，用粗大的木柴责打，哀嚎之声不绝于耳，父母十分不忍，再三劝阻，然而，房东不肯罢休，直把他打得奄奄一息。

当时年仅7岁的我，目睹这一切，有一种梦魇般的惊悸。然而，更令我震惊的是，第二天，在大厅里遇到满身伤痕的他，他竟然若无其事地对着我滑稽地扮鬼脸。昨天的事，对他而言，只不过是无关痛痒的一场梦，稍纵即逝。

房东夫妇在孩子犯错之前，不曾给他灌输该有的道德观念；孩子犯错之后，又只顾责打而不曾晓以大义，这孩子，在是非不辨的情况下，终于走上了一条"不归路"。

在那一年里，他一而再、再而三地偷，左邻右舍，全都是他的"活动银行"；他父亲只晓得一味打、打、打，孩子从中得着了一个错误的信息——偷了钱之后，只要被狠狠地打上一次，一切罪行，便抵销了。对于他来说，"廉耻"永远是一个陌生的名词；偷了被打，打了再偷，是他生活里周而复始的循环，他以伤痕来赎罪，偷得心安理得。

一年过后，父母效法孟母，迁移他处；后来，辗转得到消息，这名惯性的"梁上君子"已身陷囹圄了。实际上，这样的下场，就像闪电打雷之后必定下雨一样的自然。

执教之后，曾经亲眼看到犯错的学生在千余人的注视下接受鞭刑，当执刑者那粗大的藤鞭夹着"咻咻"之声在半空中飞舞时，的的确确起了"杀鸡儆猴"的阻吓作用，然而，接下来的事态却有了戏剧性的发展，"受刑者"在鞭刑过后，挺直身子，脸露笑容，以凯旋英雄的飒爽英姿，神气而潇洒地向台下的千余名学生挥手，那种寡廉鲜耻的表现，着实让我瞠目结舌。

培养知廉怕耻之心，是道德教育的首要之务。鞭打，只能是一种权宜性的手段。唯有明确地让犯过者明白他错误的行为会给他的人格和整个家庭蒙羞，才能激起他悔过之心，也才能使他积极地改邪归正；否则，一次又一次的鞭打，只能帮助他把脸皮磨得更韧更厚而已。

小·启示

孩子犯错之后，一味地以鞭打作为惩罚，只会助长孩子的叛逆心。唯有让他们明辨是非，彻底悔过，才不会重蹈覆辙。

> 他对周遭的一切视而不见、听而不闻，完完全全地成了游戏机的奴隶。

玩物丧志

是父亲把电子砌砖游戏机当作圣诞礼物送给我孩子的。

一下子便把儿子迷得神魂颠倒，放学回家，书包一丢，饭不吃、澡不洗，便捧着那个长方形的小小游戏机，忙忙碌碌地用手指在上面东按西压；这时，他对周遭的一切视而不见、听而不闻，完完全全地成了游戏机的奴隶。

有时，煮好晚餐，叫他到厨房来端汤端菜，左喊右喊，大厅里半点儿动静也没有。忍不住探头出去看，嘿，原来他又捧着那个电子砌砖游戏机玩得痴痴迷迷了。

"蠢！"我生气地骂道："把那些砖块吃下去吧，不必吃饭了！"

挨骂的那个人，低声下气地请求：

"妈妈，求求您，等一等！我快要破我上次的纪录了，瞧，五万多分了！"

游戏终于结束时，整个人无限满足地往椅背一靠，说：

"啊，真好，七万多分呢！"

为了让我分享乐趣，儿子曾多次把游戏机捧到我面前，让我玩、要我玩，甚至，求我玩；我总是看也不看，一手便把它推开，鄙夷地说："玩物丧志！"然而，渐渐地，我发现"形势"不对了，日胜居然也迷上了这个玩意儿，每天下班回来，看毕报纸以后，便一机在手，玩得不亦乐乎。

一夜，我好奇地坐在他身旁，看。

出现在游戏机里的每一块砖，由四个小格子组成，组合形式千变万化，任君操纵。要得高分，必须眼明手快，而且，"眼手脑"三者必须紧密无间地合作，稍一犹豫，砖块便溃不成形了。

咦，蛮有趣的嘛！我这个旁观者暗暗对它滋生了情愫，后来，不消说，整个人"陷入情网"，难以自拔。

有一天，玩得忘了煮饭，忽然听到我那7岁的女儿对她9岁的哥哥说道：

"看，我们那个蠢妈妈，不煮饭，要让我们都吃砖块呢！"

此刻，玩物丧志的妈妈，埋头砌砖，把女儿那一番无礼的话当作耳边风。

　　沉溺于电子游戏,最容易迷失自我。适度的消遣是无可厚非的,但是,切忌玩物丧志。

> 这两个出生于不同社会的人，在成长的过程里，都不约而同地怀着"快点长大"的梦，然而，这梦，却在他们真的长大以后碎不成形。

碎裂的梦

这篇文章，不及千字，题目是《只要我长大》。

文中的这一段自白，像一把出其不意地从书中伸出来的钳子，把人的心夹得很痛、很痛：

"我的人生第一个记忆是一巴掌。那是我闹着要个玩具车的结果，那一巴掌，同时也结束了我身为老幺所独享的娇宠。才4岁，我便认识了恐惧。穷，让爱的表达也带有怨气，家人习惯用责骂来表达关怀，斥责声一直是我成长岁月的背景音乐。"

生长在这样的家庭环境里，他渴望自由，渴望挣脱束缚，他更想知道的是：自由的极限能给他带来多大的快乐。终于，到了叛逆年龄时，他离家出走。

文末，他以重达千斤的笔写道：

"离家后的我，如同脱缰的野马，终于迷失在陌生的丛林里，直到我把双手交到警方的手铐里，才结束了这场长大的梦。"

在这部以"童年的梦"作为总题的选集中，是如此介绍作者的：

"徐显昌先生，1962年生，台中县人，五专毕业，现为受刑人，服刑于台南监狱。"

我合上书本，眼前浮起了另一张瘦削的脸。尖尖的下巴突兀地翘着，好似一把用得太久而有些微变形的鞋拔子。

在戒毒所与他隔着一道厚重的铁门进行访谈时，他正在进行着令所有嗜毒者闻风丧胆的"冻火鸡"治疗。

弓着有若骷髅般的身体，抖着好似孤魂野鬼般的声音，他说：

"对我，父亲只会用手，母亲只会用嘴——不是狠狠地鞭打，便是恶毒地咒骂。我一直希望快点长大，快点离开这个冷酷的家。我曾试过离家出走，但是，在外面流浪的日子也不好过。后来，吸毒，以为找到了精神的天堂，可是，上了瘾而又没钱买毒品，才知道比下地狱还不如！"

这两个出生于不同社会的人，在成长的过程里，都不约而同地怀着"快点长大"的梦，然而，这梦，却在他们真的长大以后碎不成形——前者碎在有形的牢狱里；后者呢，碎在无形的地狱中。

他们两人成长的家庭环境惊人的相似。

小·启示

> 在成长的过程中，无止无尽的暴力和责骂，是孩子急欲逃离的梦魇，而缺乏家庭温暖的孩子往往易入歧途。养而不教，就等于是直接给社会制造问题。

> 做事按部就班的马丁，在学习华文这一项大计划上，早已立定了"赴汤蹈火"的决心。

马丁的故事

马丁是日胜情同手足的大学同窗，修完硕士学位后，两人便各奔前程了。

日胜任职于悉尼一家建筑工程公司，马丁则继续修读博士学位。

之后，日胜回返新加坡，忙于工作，两人联系渐少。

上个月，突然接到马丁来函，信上只有寥寥数语：

"7月3日，我将到新加坡逗留一天，热切盼望与你们晤面畅谈。次日，我将续程到天津去。"

目前执教于悉尼大学的马丁，到天津去干啥呢？是不是中国腾飞的经济使学者型的马丁也动了经商的念头？

我十分好奇。

傍晚，到机场接他，马丁提着轻便的行李，迈着大步朝我们走来。站定以后，出乎意料，他居然以字正腔圆的华语说道：

"嗨，好久不见，你们好吗？这一次来得仓促，没有及早通知你们，给你们添麻烦了，真不好意思呀！"

我惊喜莫名地用华语答道：

"哎呀，大家是多年的老朋友了，别客气啦！"

在餐馆坐定以后，马丁才告诉我们，他这番到天津去，主要是代表悉尼大学，与天津"工业与科技研究所"洽谈共同开发研究项目的事儿。为了工作的便利，马丁目前正痛下苦功，勤学华文。

他意兴勃勃地说道：

"语文学习，不是一蹴而就的；我采取的是集腋成裘、反复记忆的方式，目前效果已显。"

他每天坚持学习一定数量的单字，而每学会一百个单字，就配搭成词，请补习老师造句；之后，再一句一句地灌进录音带里，反复练习。

"过去，我驾车上下班，听的是轻音乐，现在，已换成了华语卡带。"顿了顿，他又说，"有时，在梦里，和我妻子说话，我居然也用华语呢！真是日有所思，夜有所梦呀！"

"在梦里，你的妻子听得懂你说什么吗？"我促狭地问道。

"嘿嘿，她与我对答如流呢！"他得意扬扬地说。

我告诉他,这就叫作"痴人说梦",大家嘻哈绝倒。

马丁"雄心万丈"地说道:

"我计划用两年的时间,学会听和说;再用两年的时间学习读和写。"说着,他信心满满地微笑:"四年之后,我就可以用华文撰写研究论文了。"

做事按部就班的马丁,在学习华文这一项大计划上,早已立定了"赴汤蹈火"的决心。

目前,在海外,有着千千万万个类似马丁的故事。

然而,令人遗憾的是,尽管我国有着学习华文的大好环境,不少学生却把学习母语当苦差。

身在宝山而不识宝,当然也就不懂得珍惜之道啦!

小启示

马丁身为西方人,却下了大决心把中文学好;反观我国的莘莘学子,虽然拥有良好的学习环境,却视母语学习为畏途。谨记:语文学习不是立竿见影的,恒心与毅力,缺一不可。

> 孩子在快乐的笑声与无尽的乐趣里完成学习的程序，读书变成了使人向往的美事而不是让人死撑的苦差。

活

苏珊是美籍华人，偕同家人旅居新加坡。

那天，受邀到她家做客。饭后，在袅袅的咖啡香里聊天。

聊及教育问题，苏珊慎重地表示，学校如果能够通过实践的方式来灌输理论，不但事半功倍，而且，能够大大地增加学习的乐趣。

她的幺儿在美国就读小学，有一回，生物老师在班上提出了一个有趣的问题：

"青蛙是吃昆虫为生的，可是，为什么有位生物学家在自家饲养的青蛙旁边放了一堆死苍蝇，青蛙却活活地饿死了？"

老师嘱学生回家思考。

次日，天真烂漫的孩子们将思考的结果带进课室，其中两个幽默的答案引起哄堂大笑。

甲说："青蛙是饕餮，只爱吃新鲜的，不爱吃已死的。"

乙说："青蛙是卫生专家，怕吃了死苍蝇会拉肚子。"

在满堂笑声里，老师不慌不忙地取出早已准备好的一个鱼缸，内有多只游动的鱼儿。老师把一根彩色的绳子当作鱼饵，投了进去。当绳子缓缓下沉时，鱼儿从四方八面涌过来，争相抢食；可是，当老师把绳子固定在水的中央时，鱼儿却对纹丝不动的彩绳视若无睹。这时，老师要求学生仔细看他的动作——只见他轻轻地搅动着鱼缸里的水，水旋呀转的，水中那根彩色绳子，受到了影响而上下晃动，就在这时，鱼儿又游过来抢食了。

老师做完这个简单有趣的实验后，进一步要求学生思考：为什么鱼儿只对动的东西有兴趣？

学生七嘴八舌地揣测、积极热切地讨论，最后，老师才向他们揭开谜底：鱼儿和青蛙，实际上不是不爱吃死的东西，而是不会吃那些固定不动的东西，而这，是与它们眼睛的构造有着密切的关系的。鱼类和青蛙的眼睛都是水晶体，这个透明的珠球，不但凸出得很厉害，而且，又没有睫状肌来调节，所以，它们只能看到很近的物体；较远的东西，如果不断地晃动的话，它们还可以靠着模糊的影像而勉强辨认，倘若完全静止不动，它们当然也就"视若无睹"了。

孩子在快乐的笑声与无尽的乐趣里完成学习的程序，读书变成了使人向往的美事而不是让人死撑的苦差；而且，最重要的，孩子在不断地思索与寻求答案的过程里，慢慢地养成了独立思考的能力与培养了深入探索的兴趣。

这种灵活的教学方式，值得效仿。

灵活的教学方法，不仅能使学生对学习产生浓厚的兴趣，还能为他们培养出独立的思考能力。教育方针应因时制宜，不能故步自封。

> 事发时，我不曾当众羞辱他；事发后，我也没有利用校规对付他。目的只是希望保持他的自尊，让他自我反省，永不重蹈覆辙。

报恩

让学生默写岳飞的《满江红》。

全班学生，全神贯注地在本子上一字一句地将岳飞的心血结晶写出来，笔与纸接触而发出的沙沙声响，极有韵律而又极为和谐地响在课室里。

就在这时，我忽然注意到，坐在最后一排角落里头的男生关元贺（化名），眼神闪烁，不断地抬头看我。我刻意把目光调向窗外，以眼尾瞄他。只见他偷偷地张开了原本紧握着的拳头，盯着掌心看了好几秒后，匆匆地在纸上写了一会儿，又再故技重演，周而复始。

我不动声色，瞅了一会儿，确定他在干那见不得人的勾当后，蓦然扬起声音，向全班学生说道：

"同学们，诚实是最重要的品格，是吗？"

全体学生齐刷刷地抬头，讶异地看着我，"做贼心虚"的关元贺呢，一张脸霎时变得惨白惨白的。

我若无其事，继续说道：

"这次默写，如果你们读不熟，我宁可你们交白卷，也不希望你们偷看。不管是谁，如果存有这个念头，请回头是岸。"

大家以为我只是进行例常的警告，不以为意，继续埋头书写。只有关元贺，听懂了我的弦外之音，低着头，握着笔杆的手微微地颤抖着；接下来，他紧握着的拳头，始终没有再打开。交卷时，他的本子上只写着"怒发冲冠，凭栏处，潇潇雨歇。抬望眼"这寥寥几句。

我低声说道："元贺，下课后，来见我。"

在办公室里，他满脸羞惭地告诉我，由于家里经济拮据，他每天放学后必须到快餐店去打工，没有时间温习，只好在默写时出此下策。

我晓以大义，然后，嘱他永远不得再犯。

事发时，我不曾当众羞辱他；事发后，我也没有利用校规对付他。目的只是希望保持他的自尊，让他自我反省，永不重蹈覆辙。

这法子，很奏效。

自此以后，关元贺总是很努力地在华文这一科争取高分，借以报答我"偷偷"放他一马的"恩惠"。

小·启示

　　发现学生犯错时，教师如果不囿于死板的校规而以更灵活的方式来处理，有时可能会奏奇效。

> 玉敏还得走上一段很长的道路，才会知道，"作品取材于现实而又高于现实"，才是创作的要诀。

分寸

学生玉敏热爱创作，一日，将一篇千余字的习作呈交给我。

仔细读了，发现她的长处是词汇丰富，短处是内容贫乏。

题目是《友情》，写她和一个同学从好友关系到翻脸成仇的故事。在那种"把一只蚂蚁变成一头大象"的敏感年龄里，友谊变质，全都源于一些不值一哂的小事。玉敏以纯熟的文笔，把一桩桩芝麻绿豆的琐事点滴不漏地写出来，婆婆妈妈、啰啰唆唆；尽管文采斐然，却全然无法掩饰内容的苍白。

我指出了她的毛病，她一脸迷惑地说：

"老师，您不是时常要我们取材于现实吗？我写的，都是百分之百的真事啊！"

是是是,"取材于现实"固然是创作的"金科玉律",可是,素材有珠玉也有鱼目;取了珠玉,文章便闪烁生光;取了鱼目,全文便黯淡无光。取舍之间,必须有个分寸啊!再说,文艺创作,有别于摄影艺术,初习写作者,如在现实生活里找不到足够的题材时,也可凭借想象呀!

她听了,若有所悟,点头而去。

一周过后,她同样以"友情"为素材,呈交另一篇习作。文中写她和一名好友到野外露营。两人在树下谈得正欢时,突然,雷电交加,大雨倾盆而下,百年老树轰然倒塌,好友不幸被压个正着。她冒着被雷电击中的危险,费尽九牛二虎之力,把大树移开,将奄奄一息的好友驮在背上,跋涉数里,送进医院。经过抢救后,安然脱离险境。患难见真交,这段经历,使她们一生友谊坚如磐石。

读毕,哑然失笑。

过犹不及,第一篇太真,第二篇又太假。不经剪裁的真,使作品流于平凡、流于琐碎;而随意杜撰的假,又使作品变得滑稽、变得矫情。

我指出她文章里许多不合常理的纰漏,她听后也不由得掩嘴而笑。

为文造情,情比戏假。文章要感动别人,必得先感动自己啊!

第三篇习作,依然以"友情"为题。这回,她以充满感情的笔调,写好友如何在她阮囊羞涩时、感情失意时、考试落第时,向她伸出援手，帮助她、安慰她、鼓励她。友谊的暖流，涓涓流经全文。文章写得很平实，可是，举出的具体实例却意义深长，读来亲切感人。

此刻，我欣慰地知道，玉敏已初步掌握了创作的分寸了。

当然，玉敏还得走上一段很长的道路，才会知道，"作品取材于现实而又高于现实"，才是创作的要诀。

文艺创作，需要掌握分寸；待人处世，也需要拿捏分寸。过犹不及，都有失妥当。

> 肥沃的土壤,种出丰美的果实;贫瘠的土地,结出瘦小的果子。

土壤与果实

肥沃的土壤,种出丰美的果实;贫瘠的土地,结出瘦小的果子。

这是千古不渝的定律。

学期末,校方特地把一天定为"家长日",刻意在教师和家长之间构建起一道桥梁。

就在这一天,我清楚地看到了上述"定律"的准确性。

学生甲和学生乙,同属成绩不错的学生,可是,两者行为却有天渊之别。

学生甲热诚有礼,行事负责;成绩虽好,锋芒不露。

我翻开成绩册,对他母亲说道:

"你的孩子，成绩很好……"

言犹未毕，眼前这名温婉祥和的妇人便微笑地说道：

"老师，成绩好坏，是不重要的，只要他尽了力，我便满意了。我更关心的，是他的品性。请您告诉我，他在学校的行为，有什么偏差吗？"

我肃然起敬。

有了这样的母亲，这学生，将来必能成才。退一步来说，就算他不能成就一番大事业，也一定是个堂堂正正的人。

学生乙性子浮躁，常常口出狂言。成绩虽好，人缘不佳。更要命的是，犯错之后，把教师一次又一次的教诲轻率地当作耳边飘过的风。

在"家长日"，他母亲一来到面前，便紧张兮兮地把头探到我刚刚摊开的成绩册上，看。一知道她儿子成绩不错，便露出了踌躇满志的笑容。

我说："你这孩子，在校常常闹事，许多老师投诉他上课胡言乱语，扰乱秩序。"

她冷淡地应道："聪明的孩子，总是比较调皮的啦！"

我又说："他常常迟到……"

她耸耸肩说道："他看电视，睡迟了，早上起不来呀！"

毫不识趣的我，继续投诉："他逃课去打篮球，劝他，他总不听，一犯再犯，弄得老师都很生气。"

她露出了不耐烦的表情："他成绩考得这么好，老师为什么还要整天挑他的不是呢？你必须了解，你们这样做，会让他讨厌学校的！"

我瞠目结舌。

小启示

孩子行为的优劣，往往取决于家庭教育的成败；而父母本身的价值观，就是成败的关键。

> "龙眼班"是老师心中的瑰宝,他们让老师觉得教学生涯就是一桶甜甜的龙眼蜜。

水果与班级

教学多年,我发现了一个有趣的现象:每一个不同的班级,都有自己独特的个性。

且让我以"水果"来做比喻吧!

最怕"胡桃班",密实而坚硬。

上课时,鸦雀无声,老师起初由于秩序良好而暗自高兴,慢慢地,却觉得不是滋味了,因为学生个个宛若千年化石,一问不答,百问不应。有时,站在课室里,觉得好像是独自一人在空旷的大漠中喃喃自语,那是一种孤独得近乎窒息的感受。

不爱"榴梿班",刺多而扎手。

坐在课室内的,全是高度敏感的"愤怒青年"。他们看不到自身多如牛毛的缺点，偏偏又有着超强的自尊心。当你如履薄冰地对他们提出善意的批评时，他们立马化身为榴梿，每一根尖尖的刺都阴阴地闪着寒光，每一道光都无情地刺激着你的神经；当你抱着关怀的心尝试接近他们时，他们却以直直竖立着的刺当作自我捍卫的"武器"，你根本近身不得。愣愣地看着那一根根又尖又利的刺，你真想把自己变为一把撬子啊！

"柠檬班"，顾名思义，让人一想便双眉打结。全班上上下下都是"分数主义者"，他们锱铢必较，分数是他们精神之库的金银珠宝，是他们的天和地。平时读书，只专注于考试范畴，其他的一概缺乏兴趣。测验卷子分发回去，由头到尾，审查了一遍又一遍，不是想纠正自己的错误，而是要看看老师到底有没有少给了一两分。他们没温情、没人情；一旦毕业，便把老师视为陌路人。

"龙眼班"，甜入心坎，也让人爱入心坎。

他们极有分寸，该闹时闹，该静时静；动若脱兔，静如处子。上课时，气氛融洽活泼，教与学相辅相成。下课后，他们常常敞开心扉和老师谈天说地；倘若老师生病，他们还会嘘寒问暖哪！教师节来临，他们也不会忘记给老师送上一张暖心暖肺的卡片。师生关系温馨和谐，可他们坚守底线，绝对不会爬到老师头上来撒野。"龙眼班"是老师心中的瑰宝，他们让老师觉得教学生涯就是一桶甜甜的龙眼蜜。

"哈密瓜班"，有着千回百转的香气和深邃的甜味，是果中上品。

他们非常聪明，也非常活泼。说起话来，风趣幽默；读起书来，废寝忘食；办起事来，干劲冲天。课内常识与课外书籍，他们一视同仁，智德育这三者，他们兼而重之。最重要的是：他们勤读英文之余，也绝不忽视母语，身上常有书香袭人。

遗憾的是，教书多年，"哈密瓜班"始终无缘一见。

小·启示

学生就和水果一样，有各种不同的类型；手执教鞭者，应该因材施教。

> 当绵羊的温柔敦厚不被接受时，羚羊的凶气狠劲往往能够奏上奇效！

绵羊与羚羊

最近，广州好友阿袁忧心忡忡地对我说道：

"我一向主张谦和忍让为待人处世之道，我家孩子长期在这样的教导下，成了一头温驯可爱的绵羊；可是，一到学校，他却被人当成傻子，有甜头时，绝对不和他同享；有苦难时，便迫不及待地把他送去当箭靶。更甚的是，明知前头有地雷，偏偏推他出去踩。一个一个，全都是又精又狠的狼呀！每当孩子泪流满脸地回来哭诉时，我便扪心自问：我是不是做错了？我到底该不该为了让他自保而将他培训成一头凶狠的狼？整个社会的价值观都已经改变了，我们是否还应该为了坚守道德的堡垒而让孩子终生受苦？"

朋友的话，让我深思。

实际上，这并不是一家一国的事，而是一个普遍化的问题。新的时代、新的社会、新的生活，孕育了截然不同的道德观和价值观，身为家长，是不是还应该墨守成规地把孩子塞入"礼义廉耻"的模子里，将他塑造成一个"不合时宜"的人？

不。

昔日为了儿子而三迁的孟母，依我看来，是个逃避现实的人。恶性诱惑，无处不在，三迁之后，你能再三迁，又三迁吗？

既然时代和环境都改变了，我们便应该找出变通的方法，勇敢地面对它、积极地对付它，而不是沮丧地诅咒、消极地逃避。

传统的道德框子，是祖先汇集了多代人的智慧，慎重地打造而成的，我们当然不能弃如敝屣。两全其美的方法是，保留框子坚实的木料，改用现代的标准重新加以设计。

我对阿袁恳切地说道：

"把孩子教养成善良的绵羊，是你的成功；但是，你应该为你的绵羊准备一对羚羊的角，在他出门时，让他挂在头上，这样一来，当他在外面受到无谓的攻击时，便有足够的力量进行自我捍卫；有必要时，他还可以来个狠狠的反击！"

谨记，当绵羊的温柔敦厚不被接受时，羚羊的凶气狠劲往往能够奏上奇效！

家庭是教育的摇篮，家长在灌输道德教育的同时，也应该给予孩子自卫的"武器"，让他从容应付外面陷阱处处的大千世界。

> 孩子的手真巧呵，在锅里炸成的饺子，馅不散、皮不破，而且，形状姣好，一个个黄澄澄、亮闪闪的，像金色的微笑。

金色的微笑

在一个美丽的星期天，我忽然兴起了做饺子的念头。

意兴勃勃地买了饺子皮、五花肉、鲜虾、韭黄、马蹄，回家后，便晕头转向地忙了起来。

肉剁碎，虾剥壳，韭黄切细，马蹄拍扁，调好了味儿，将所有馅料拌成了一大盘，端到厅里。取出饺子皮，正想动手包时，孩子们围了上来，纷纷嚷着要加入。

一来担心他们把地方弄脏，二来怕他们把饺子包坏，正想拒绝时，他们眼里闪烁着的那一层兴奋的亮光，还有，无声的恳求，却又使我心软了。心想：算啦，就牺牲十块八块饺子皮，让他们图个快乐吧！

没想到最终图得快乐的,竟然是我本人。

我向来手工拙劣,当年,年仅5岁的女儿曾天真烂漫地把我做的那些奇形怪状的饺子称为"白枕头"。现在,过了5年,我的厨艺虽然略有小进,手工依然蹩脚。笨手笨脚地捏了几个三不像的饺子后,随意睃睃女儿,这一看哪,可真吓了我一大跳!在她面前的盘子,正神气活现地躺着几个玲珑可爱的饺子哪;再看看我儿子做的,竟然也不逊色,一个个饺子,饱满肥大而又棱角分明。

一见形势不对,我当机立断,急流勇退——退入厨房,生火起锅,准备油炸孩子的"精心杰作"。

孩子的手真巧呵,在锅里炸成的饺子,馅不散、皮不破,而且,形状姣好,一个个黄澄澄、亮闪闪的,像金色的微笑。

孩子们吃着时,眸子里、脸庞上,都晃动着笑意。大家都同意,这一顿饺子,是我的"厨艺"和孩子的"手艺"的"天作之合"!

所以说呢,永远不要轻视或漠视孩子的能力。

让他们参与,让他们尝试。

让孩子参与炊事，不但可以增加天伦之乐，而且，可以借此机会把烹饪这门让他们终生受惠的技艺传授给他们。

> 失败者是否能将第一次蹩脚的经验转化为他日成功的"枢纽",亲人的支持与打气至关重要。

蜡黄的饭干

16岁的女儿第一次学煮饭,竟然煮出了一锅饭干。严重缺水的饭粒,蜡黄蜡黄的,干瘪瘪、硬邦邦、病恹恹。吃了一口,我冲口说道:"好硬啊!"把饭碗搁下,只夹菜肴来吃,日胜也一样。

女儿闷声不响地用筷子拼命把饭往口中扒,当她咀嚼饭粒时,我仿佛听到"沙砾"在她唇齿间"嘎嘣嘎嘣"地发出分崩离析的声响。

吃完了整碗饭,放下筷子,看到我和日胜碗里的饭还是满满的,她毫不含糊地开口了:

"爸爸、妈妈，这是我第一次尝试煮饭，可是，你们竟不肯接受我的错误！"

说完，轻轻推开饭碗，默默回房去了。

我和日胜面面相觑，一时竟说不出话来。

由于女儿正处于高度敏感的年龄，我们担心严苛的批评会伤害到她薄脆一如玻璃的心，所以，只老老实实地说了一声"好硬啊"，便不再出声了；然而，没有想到，我们的"罢食行动"却比口头的批评更尖锐地伤害了她的感觉！

在生活的道路上，我们常常毫不吝惜地给予成功者送上鲜花与赞美；然而，对于失败者，我们却往往不够宽容，甚至，有意无意间以消极的反应浇熄对方学习的热诚。实际上，失败者是否能将第一次蹩脚的经验转化为他日成功的"枢纽"，亲人的支持与打气至关重要。

过去，在尝试新的食谱时，我就曾有多次失败的经验，可懂事的女儿总是"不计成败"地把我的"试验品"吃得一干二净。有一回，做"三色蒸蛋"放了太多水，女儿调侃地说道："哇，这五彩蛋汤，特浓、特香啊！"说毕，大匙大匙地舀来吃。事隔多时，她才告诉我，当晚吃了那碗"洪水蒸蛋"后，足足有好几个星期，一看到蛋便打寒战了。

在家人"义无反顾"的支持下，我不怕失败，一试再试，最后，总能苦尽甘来地煮出一盘盘色香味俱全的新菜肴。

这回,初学煮饭的女儿犯错,我却忘了给予她同样的支持。

次日,我对她说:

"女儿呀,今晚,你来煮饭,好吗?"

性子倔强的她,毫不迟疑地应道:

"不必啦,浪费米而已!"

唉,真是难过。

小·启示

  我们常常毫不吝惜地给予成功者鲜花与掌声,却忘了失败者更需要支持与打气。锦上添花是天边稍纵即逝的彩虹,雪中送炭却是滂沱大雨中的一把伞。

> 家长不经意的一言一行，全都可能是孩子行为的范本。

蛋卷冰淇淋

在购物商场看到的这一幕，令我感触良深。

一个母亲，带着两个女儿，一个6岁，一个3岁。

母亲为她们买蛋卷冰淇淋，第一筒，先递给大女儿，她接过去后，便欢欢喜喜地小口小口地舔着吃；小女儿呢，安安静静地等。第二筒，她从摊贩手里接过后，先往自己嘴里送，贪婪地咬了一大口，才把缺了一个大角的蛋卷冰淇淋递给小女儿；小女儿不甘平白无故地被"剥削"，不肯伸手去接，张开口，穷凶极恶地发出惊天动地的哭声，哇哇哇、哇哇哇，那种彻头彻尾的不快乐，使她连头发也变成了惊叹号。

母亲想要"补救"，看到大女儿手上的蛋卷冰淇淋还是完完整整的一大个，便以"老鹰扑小鸡"的姿势，想来个"狸猫换太子"；大女儿也非等闲之辈，她反应迅速，猛地转身，想逃过凭空飞来的这一劫，没想到，转身太猛，圆圆肥肥的冰淇淋从轻轻巧巧的蛋卷里"叭"的一声掉落下来，在地上化成了一摊绚丽的色彩。"城门失火，殃及池鱼"，大女儿拿着那个"空空如也"的蛋卷，忍无可忍，放声大哭。

母亲乱了手脚，也乱了思路，居然弯下身子，想要捡拾地上那瘫软不成形的冰淇淋球，可是，才一弯腰，手上那残缺的冰淇淋球竟也"祸不单行"地从蛋卷里掉落到地上。

这时，大小两个女儿，涕泪齐流，哭声震天。

烦躁已极的母亲，居然毫无理智地伸出大手，"叭叭、叭叭"，一视同仁地给两个女儿各捆了两记耳光；两个无辜被打的女儿，看着满地的璀璨，哭得心肺俱伤。

这个年轻的母亲，在不经意间，犯了家庭教育里不该犯的所有错误。

首先，她认为家长有着至高无上的权威，要做啥，便做啥。蛋卷冰淇淋既然是她出钱买的，莫说咬一口，就算咬半个，孩子也得乖乖接受呀！等她出其不意地碰上反抗的力量时，又想侵占无辜者的东西来弥补自己的过失。到了最后，剪不断、理还乱，她又"错上加错"地使出家长的"撒手锏"，企图以武力钳制一切。

这个母亲，可能没有想到，这桩事件，让她的两个女儿在不知不觉间接收了许多错误的信息；更甚的是，对于她们未来性格的发展，可能会起着潜移默化的负面影响。

家庭教育，始于摇篮，它既严峻也灵活，既简单也复杂。

它严峻之处是，家长不经意的一言一行，全都可能是孩子行为的范本；而它灵活之处就在于家长可以自行拟定"教材"，随时随地付诸运用。说它简单，因为生活就是课室；说它复杂，理由在于"爱能载舟，亦能覆舟"，分寸必须拿捏得恰恰好。

许多家长，注重言教，礼义廉耻忠孝悌，说说说、教教教；然而，孩子在听的同时，也在看。没有"身教"加以配合，"言教"只是虚有其表的空框子。

家庭教育，不是义正词严地喊口号，不是耳提面命地循循善诱；它实际上是通过生活里许许多多大大小小的事件不着痕迹地体现出来的；而家长的生活观、价值观，都往往无所遁形地呈现于内。

孩子成长后，看待事情的态度，待人处世的方式，应付危机的方法，常常是家长某个形式的"翻版"。

认真来看待这个问题，我们当会知道，上述那个年轻的母亲，在"蛋卷冰淇淋"事件上，给她两个女儿做了多可怕的"示范"；尤其考虑及这可能是那个母亲一贯延续性的行为而不是单一的孤立事件，后果堪虞呵！

小启示

母亲如果常常不分青红皂白地捆打孩子,必然会在孩子心中留下暴力的阴影。童年的阴影,常常会延伸为成年的暴戾。

> 在那混沌无知的童稚期,我不也曾急切、热切、渴切地踮起"无形的脚跟",好奇地窥探五光十色的成人世界吗?

成长

我家老二,性子活跃,学武艺、打篮球、踢足球,身子像棵速成的树,以极快极快的速度往上蹿。

与我比身高,是他最喜欢的一项"消遣"。

10岁那年,他已经与我齐肩了。每回拍照,总故意踮起脚跟,与我齐头并立,一面"颤巍巍"地站着,一面立下宏愿:

"再过几年,我买一把梯子给您做生日礼物,让您爬着上来吻我下巴。"

11岁,再度蹿高,每当我站在落地长镜前,他便挤过来,嬉皮笑脸地揽着我的肩膀,说:"我是哥哥,你是妹妹。"我没好气地应:"你老是要比我高,不就是明明白白地要我老吗?"话才说完,不禁悚然而惊。镜子里这"小男孩",明明不久前还抱在怀里逗弄作乐嘛,怎么转眼间便长成比我还要高的小男人呢?

岁月无情,流逝无声。

在那混沌无知的童稚期,我不也曾急切、热切、渴切地踮起"无形的脚跟",好奇地窥探五光十色的成人世界吗?我不也曾心焦、心急、心动地盼望着迅速成长,分享成人世界的一切吗?

终于,如愿地长大了。

然而,在气氛旖旎的约会里带着快活的笑靥回返家门时,却见"倚门盼儿归"的双亲,鬓发点点如霜。

现在,怕孩子长大,很怕,真的怕。

不是怕自己老,实在是怕残酷无情的岁月之神会过速地把自己和亲人相聚的美好日子一个又一个地夺走啊!

昨日已过,明日未到,只有今日,是切切实实可以把握的。陪孩子成长,陪双亲老去;活在当下,享受当下。

站在一旁的母亲，在电光石火的一瞬间，突然明白了这个乖巧的孩子为什么在洗头时哭闹不休，又为什么执意不肯理发！

理发的故事

"弟弟理发"这个小故事，是多年以来母亲一再复述的；虽然每回叙述时脸上都带着笑意，然而，语调里的歉疚，却是难以掩饰的。

那一年，幺弟阿帆只有3岁，属于刚刚学会讲话却又是"有理说不清"的年龄。

有一天，母亲为他洗头时，他竟没来由地放声大哭。母亲以为自己不慎将肥皂泡沫弄进了他的眼睛，急忙为他双眸冲水、拭干，他倒也慢慢止了哭。

次日，母亲见他头发不短，加上天气炎热，便对他说："宝宝,快去穿鞋,我带你去剪头发。"万万没有料到,弟弟一听到"剪头发"这三个字,立刻号啕大哭。母亲不明所以,但却也耐心十足地哄、劝、诱、骗,然而,十八般武艺,没有一样生效。母亲觉得他无理取闹,当耐性被他磨光后,便抡起了藤条,原本只想吓唬吓唬他;可他一见藤条,便条件反射地钻到桌子底下,死赖在那儿。这可真的触怒了母亲,她不由分说,一把将他揪出来,在他小腿上一连抽了好几鞭,凸起的鞭痕,像蜿蜒的小蛇。接着,强行将他扯到理发店去。

印度大兄的理发刨子,宛如铲泥机一样,在他头上铲出了一片平原,当铲到了离耳朵后方不远的部位时,原本抽抽搭搭地哭着的幺弟,突然发出了狼嗥般凄厉的哀叫声,印度大兄急忙停手查看,这才看到了幺弟头皮上很罕见地长了一粒脓疮,现在,已被铲开了一个鲜血淋漓的小伤口。站在一旁的母亲,在电光石火的一瞬间,突然明白了这个乖巧的孩子为什么在洗头时哭闹不休,又为什么执意不肯理发!

幺弟成长后,当了专科医生。记忆奇佳的他,对这件事还记得一清二楚,每回提及,便戏谑地"逗弄"一脸赧然的母亲:

"好一桩冤案啊!"

为人父母者,在抡起藤条时,能不慎重吗?

不善伪装的孩子哭闹，事必有因，父母应该查明真相。在原因未明之前责罚孩子，往往会造成让孩子痛记一生的"冤案"。

替她涂上指甲油,她看到那些残缺不齐的指甲发出了晶晶的亮光,很是欢喜。

对症下药

女儿五六岁时,喜欢咬指甲。

只要一翻开书本、一扭开电视,她十根手指,便好像蜜蜂闻到花香,兴奋难抑地忙个没完没了。拇指、食指、中指、无名指、尾指,一根一根,轮流放进嘴里,用她白白圆圆的门牙,咬得"哔卜"作响,一节一节的指甲,应声落地,她手背上一个一个浅浅的酒窝,也快活无比地旋呀旋,旋出了一丝又一丝甜甜的笑意。十根手指,好似被锯子锯过一般,指甲参差不齐,这时,她居然还心驰神往地屈着十根丑陋不堪的手指,细细查看有没有"漏网之鱼"。

我冷眼旁观,心惊、心悸,恐怕意犹未尽的她,斗胆向我借用手指以"大快朵颐"。

为了帮助她革除这个恶习，我出尽法宝。好言相劝、恶言斥责，动之以情、诱之以利，然而，不行，通通不行。十指在嘴，她乐在其中，好似瘾君子般，欲罢不能。有一次，动用藤鞭，她泪流满腮，可是，泪痕未干，却又把手伸进了嘴里！

我黔驴技穷，束手无策，沮丧、窝囊。

一日，经过一家百货商店，看到柜台上摆着五颜六色的指甲油，突然心生一计。

回家后，唤她到跟前来，故弄玄虚地说：

"宝贝，咱们来种树。"

"种什么树？"她问。

我拿起她的双手，说：

"瞧，这是老天赐给我们的十棵树，它们是万能的，什么事都得靠它们来完成。"接着，指了指她那被咬得不成样子的指甲，继续说道，"看！你的树，全被你弄坏了。"

她快速缩回了手，露出了难为情的笑容。

"现在，让我们重新把它们种好，好吗？"

"怎么种？"她双眸蓦地发亮，紧张地问道。

我取出一瓶透明的指甲油，说：

"很简单，我帮你敷上农药，过一个星期，它们就会变得很美丽了！"

替她涂上指甲油，她看到那些残缺不齐的指甲发出了晶晶的亮光，很是欢喜。

这时，我一脸严肃地吓唬她：

"这些农药，含有剧毒，你一定要记得，千万不要把手伸进嘴巴里，否则，会生大病的！"

她既爱美，又怕生病，果然便留了心。有好几次，不小心咬了，火速找我收拾残局。一周之后，指甲长了，我帮她修得整整齐齐的，又再髹一层指甲油，熠熠生光，美极了。

从这时起，她便逐步革除了咬指甲的坏习惯。

对症下药，药到病除。

小启示

当一板一眼的训导起不了作用时，绕道而行，反奏奇效。

> 要建立家长的威信，赏罚分明固然重要，更为重要的却是"言出必行"。

言出必行

到朋友家小叙。

她那就读小学一年级的女儿，坐在大厅里观赏卡通片。朋友不时催促她去做功课，她充耳不闻。朋友屡说无效，便生气地吓唬她："待会儿我和阿姨上餐馆吃饭，你别去！"言者谆谆，听者藐藐，在电视机前，孩子漠然地凝成一尊石像。朋友愁眉苦脸地对我叹气："你瞧，现在的小孩，多难管教！"遗憾的是，到了午餐时分，朋友全然忘了言犹在耳的"威胁"，意兴勃勃地对她说道："出去吃饭啰，还不赶快换衣！"

言行不一，威信全无。

另一位朋友，对孩子许下掷地有声的"诺言"：

"只要你考到第一名,我就带你去美国玩!"

到迪士尼乐园去,是孩子闪亮的梦。他发奋图强,埋头苦读,"种瓜得瓜,种豆得豆",终于,鳌头独占。然而,当他兴奋难抑地把丰硕的"瓜和豆"双手捧给母亲时,他却沮丧地发现,母亲开给他的那一张支票,是永远也不可能兑现的!事后,朋友懊丧地对我说道:"他的成绩一向不尽如人意,我怎么也没有料到,他竟然能够考取第一名!可是,我又哪来的钱带他到美国旅游呢?"

自此以后,由她口里溜出来的话,变得绵软无力,句句都是儿子耳边掠来掠去的风。

言而无信,后患无穷。

要建立家长的威信,赏罚分明固然重要,更为重要的却是"言出必行"。

说了要责打,就千万不要让藤鞭"虚张声势"地在半空中一无是处地发出"咻咻"的声响;说了要奖励,纵使前面是刀山火海,也得想方设法让他美梦成真。

唯有一诺千金,才能让孩子信服,也才能使家庭教育收到立竿见影的效果。

小启示

言出必行的承诺,是价值连城的金子;然而,信口开河的"承诺",却是会带来负面作用的破铜烂铁。

> 她的人生道路,有风也有雨,可是,
> 她的字典里,没有"害怕"这个词。

两个10岁的女孩

那是一段刀劈斧凿般的记忆。

举家由怡保迁移到新加坡那一年,弟弟7岁,我8岁,姐姐10岁。

三人同在育群小学就读,每天早上,吃过简单的早餐后,姐姐便领着我和弟弟,搭车到学校去。

由火城到丹绒百葛,没有直抵的公共汽车。我和弟弟,老爱打瞌睡,姐姐"身负重任",一方面得注意窗外公共汽车行驶的路线,另一方面,又得照顾在车上睡得七歪八倒的弟弟妹妹。到了转换站时,她紧紧张张地唤醒我们,又拖又拉地把我们扯下车去。千辛万苦地挤上了另外一辆公共汽车后,又是"旧戏重演"。

放学回家，情况更糟。下了车，必须走一段路。我和弟弟，在汗流浃背的疲累里，步伐比蜗牛更慢；姐姐担心妈妈等急了，便代我们拿书包；背上驮着自己的，右手拎着我的，左手提着弟弟的，气喘吁吁地将我们带回家去。

十数寒暑，匆匆流逝。

姐姐成了肩挑大梁的建筑师，她的人生道路，有风也有雨，可是，她的字典里，没有"害怕"这个词。她是在疾风迅雨中长大的树，她有不畏困难的能耐。

隔了许许多多年后的现在，我的女儿也10岁了。

早上起身，吃了花样百变的丰富早餐后，我驾着车子稳稳当当地把她送进校园里，她连一步多余的路也不必走。偶尔我忙，无法在放学时分接她回家，她便娇声娇气地说："妈妈呀，路那么远，你忍心让我走吗？"我心软，只好又丢下手上的工作，好像飞转的风车般匆匆赶去载她。

我这女儿，背上没有长出一层足以让她在日后遮风挡雨的"硬壳"；同样的，新加坡其他在安逸环境中成长的孩子，也没有。

这，算不算是一个属于新时代的"隐忧"呢？

小启示

父母过于周全的照顾，有时会养出像棉花糖般的孩子，软绵绵的，经不起任何的考验。有时，让孩子尝尝黄连，是必要的。

也许，有一天，提灯笼会变成一项电脑游戏，小朋友们全都坐在电脑前面，通过屏幕来"享受"在"月下提灯笼"的静态乐趣。

灯笼

中秋节的跫音近了，利用电池来制造亮光的塑料灯笼又风风火火地赶来凑热闹了。

这些塑料灯笼，刻板一如学校制服，连那一圈懒洋洋地散发出来的亮光，也带着一股可厌的塑料味儿。孩子们提着它们，面无表情地走在钢骨水泥森林中，仿佛是在进行某种庄严而又无趣的仪式。

我的童年时代，截然不同。

中秋节是一个让人引颈企盼的传统节日；巴巴地盼着，不为月亮，不为月饼，只为灯笼。

等，等等等。等待的感觉，焦灼而又甜蜜，像掺入了些许黄连的蜂蜜。每天爸爸放工回来，我们便冲出去，紧张地把热切的目光粘在他手上。终于，盼到了。爸爸买回来的灯笼，有几种不同的款式，我们蜂拥而上，男孩子理所当然地选了飞机、轮船，女孩子选蝴蝶、白兔。

中秋节那天，当黄昏褪下霓裳而大地露出黧黑的胴体时，家家户户的孩子便倾巢而出，手中提着五花八门的灯笼，灯笼里，小小胖胖的火舌，踌躇满志地立在蜡烛上面，毫不害臊地展示它的艳丽。孩子们的心，变成了一面面锣鼓，震天价响地击出了快乐的乐声。当他们成群结队地在大街小巷游走时，就好像一条蠕蠕而动的火龙。偶尔风来，火舌在灯笼里活泼地跳舞，孩子的心也被提到了嗓子眼儿上，老怕火舌过于兴奋而殃及灯笼；这种战战兢兢宛若行走于钢索上的感觉，充满了新奇的刺激，也是对自己的一项小小的挑战——倘若走完全程而灯笼完好无损，便等于是给自己交了一张完美的成绩单。半途，有孩子的灯笼不慎被火舌舔及，旋踵，整个灯笼在艳红的火光里被吞噬了，小孩悲从中来，盯着那一团毒辣的火光号啕大哭，这时，其他的孩子总会驻足，温柔地把自己的灯笼借给他，缓和他的悲伤，而这，就是一种"守望相助"的精神了。很遗憾地，这种美丽的传统精神，在"各人自扫门前雪"的现代社会里，已经被一种叫作"冷漠"的猛兽吞噬了。

时至今日，中秋节依然年年报到，可灯笼已"面目全非"

了。商家把千篇一律的音乐灌进塑料灯笼里，孩子提着它，就像提着一个小型收音机。灯笼硬邦邦的，心情也是硬邦邦的，无惊无喜，无怨无悲。更糟的是，去年用过的塑料灯笼，今年拿出来再用；兄姐提过的，弟妹承接，连那一丁点儿可怜的新鲜感也没有了！

也许，有一天，提灯笼会变成一项电脑游戏，小朋友们全都坐在电脑前面，通过屏幕来"享受"在"月下提灯笼"的静态乐趣。

灯笼是假的，月光是假的，中秋节也是假的。

嫦娥、吴刚和玉兔，当然也是假的。

桂树呢，早就在那一片缺乏想象力的贫瘠土壤里枯死了。

经济贫瘠的年代，孩子的精神世界无比丰裕；值得我们思索的是，时代进步了，为什么人心却变得冷漠了？